新說 狼與辛香料

狼與羊皮紙 1

支倉凍砂
Isuna Hasekura

Illustration
文倉 十
Jyuu Ayakura

「真的、真的啦，妳先冷靜下來──」
耳朵和尾巴都跑出來了啦！
繆里無視我心中吶喊，
眼睛睜圓笑口大開，
像頭突襲獵物的狼撲了上來。
賢狼與旅行商人的女兒
繆里

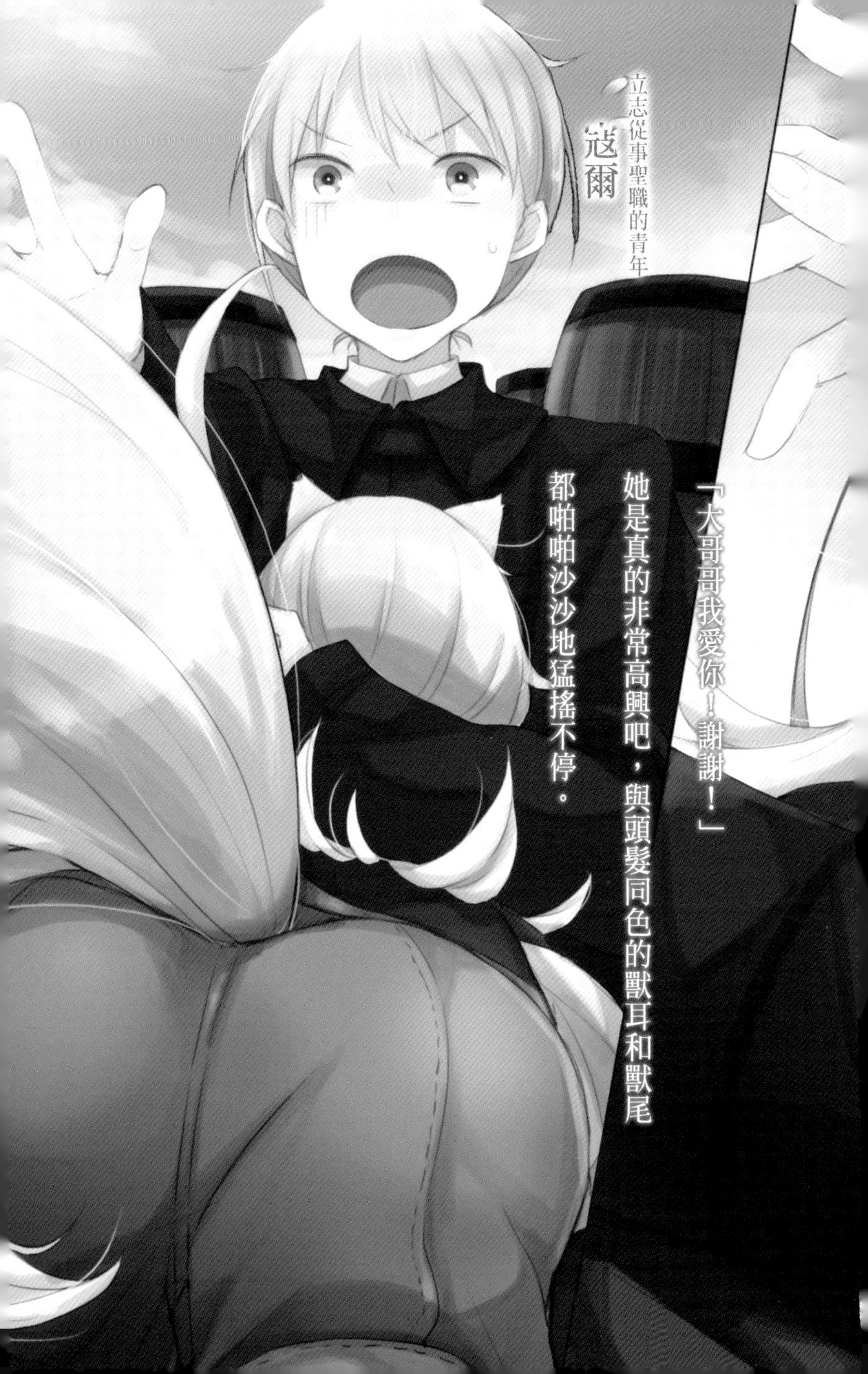
「大哥哥我愛你！謝謝！」
她是真的非常高興吧，與頭髮同色的獸耳和獸尾
都啪啪沙沙地猛搖不停。
立志從事聖職的青年
蔻爾

「哇……」
繆里抬高了頭，目瞪口呆地低聲驚嘆的對象，
是一座雄偉的大教堂。
應該是石造建築本身就很稀有的緣故吧，
在港邊見到石砌要塞時，她也是如此震撼。

「寇爾博士也都沒變呢。」
溫菲爾王國王子
海蘭

「恭迎海蘭殿下。」
德堡商行會館館主
史帝芬

Contents

新說　狼與辛香料

狼與羊皮紙 1

Kadokawa Fantastic Novels

WORLD MAP
多蘭平原
樂耶夫山
阿蒂夫
約伊葯
紐希拉
伊克
堂斯格
樂耶夫河
凱爾貝
斯威奈爾
托爾金
雷斯可
溫菲爾王國
雷諾斯
羅姆河
特列歐
普羅亞尼國
恩貝爾
N
W
E
S
卡梅爾森
拉姆特拉
崔
尼
國
波羅遜
留賓海根
帕茲歐
約連
斯拉烏德河
帕斯羅

地圖繪製／出光秀匡

序幕

溫暖時節的雨味道有點甜。水珠溜過臉頰、流進嘴裡，給我這樣的感覺。

出門辦好交代的事之後，回程路上下了雨。這場雨和這一帶遍布四方的草原一樣，地毯般平鋪而下。小得看不清的雨滴灑在毫無起伏的草原上，眼中所及之處都蓋滿了棉白的霧靄。在如此寂靜的世界中，我只能看見腳邊的路、聽見自己的心跳。彷彿停下腳步，就會永遠困在這般景象裡。

這寧靜祥和的氣氛十分適合午睡。不過我寧願讓另一個地方困住我，於是加快腳步。

就算會使我那吸了水而加重的裙襬被濺滿泥巴也不管，我一股腦地不停向前跑。

開始覺得這情境像個惡夢時，終於有木屋浮現於霧靄中。

木屋老得有點歪斜，但我就是喜歡這種憨樣。初訪時，我看它狀況不太適合人住而花了一番心力修繕過，對它有點感情。假如有哪個地方會把我關起來永遠出不去，這裡應該還不錯。甚至覺得壓死在那歪斜屋頂的擁抱下，更是有種詩意。

想像那種畫面，我不禁輕笑。

接著，也許是在這寧靜日子聽見急促腳步聲的緣故，一個白衣人開門走出木屋。那是和我一起修補這棟房子，同握最後一根釘子敲下鐵鎚的人。

一見到那身影，我就開心地昂首，步伐也更大了。雨滴又流進嘴裡，同樣是甜甜的。我彷彿受到那甜味所牽引，一路跑進了屋簷下。

閉上眼也不害怕，我相信他絕對會接住我。

我就此衝進了對方懷裡，連氣也沒調順就急著說：「我回來了。」紊亂的呼吸與撞得胸口發疼的心跳，使我聽不見他的回答。

然而無所謂，我相信他一定有回答。

最近，我學到這種想法就叫做信仰。

在只有我倆的霧雨中。

我依然閉著眼，再說一聲：「我回來了。」

第一幕

啟程的日子，是個冬季難得的豔陽天。天藍得宛如有種吸力，反映陽光的積雪亮得眼睛都疼了。位處北境的溫泉鄉紐希拉，在冬天很少有這麼晴朗的日子，以啟程日來說簡直是美夢成真，但這反倒讓我擔心自己會不會在這裡就用光了運氣。

不過低頭所見的厚重旅行風衣，十足是遠行中的聖職人員裝扮。我便厚起臉皮，當這天氣肯定是上天在祝福我的前程。

紐希拉村有河流過，設了碼頭。在季節交接的日子，碼頭邊總滿是正想來或正要走的溫泉客，而今天只停了一艘貨船。正在上貨的船夫是個胖得令人擔心會不會把船弄沉的中年鬍子男，然而他的動作卻出奇地輕快，兩三下就完工了。

「馬上就能出航嘍！」

他往我這裡喊，我也揮手答應，接著大吸口氣背起肩背包。會這麼重，是因為裡頭裝滿了眾人給我的援助。

「寇爾，東西都帶了嗎？」

我往喚我名字的人轉頭。這位不安地反覆檢視我行李的人，是照顧了我十多年的溫泉旅館老闆——克拉福．羅倫斯。

「盤纏、地圖、糧食、禦寒用品、藥草、短劍、火種那些都帶齊了吧？」

曾為知名旅行商人的羅倫斯分毫也不敢鬆懈地檢查，比我自己還要仔細，最後都交給他來處理了。

「先生，沒必要檢查成那樣啦。再說已經沒地方放了呢。」

候在羅倫斯身旁的女性無奈地笑著這麼說。她是漢娜，掌管羅倫斯所經營的「狼與辛香料亭」廚房大小事。

「啊，也對。呃，可是……」

「您放心，羅倫斯先生。以前我可是只帶兩條魚乾和幾個快磨平的銅幣就離家了呢。」

遇見羅倫斯那時，我還只是個不知有沒有滿十歲的孩子。美其名是個周遊大學城求學的流浪學生，實際上過的卻是形同乞丐的漂泊生活。當我不知何去何從、盤纏用盡，在無依無靠的異國土地為明天發愁時，很幸運地，他對我伸出了援手。

一轉眼，那已經是十年——不，說不定是十五年前的事了。我常自問相比於當時是否有所成長，但答案總是問號。眼前的羅倫斯看起來依然年輕，和當時沒什麼變，讓我誤以為自己還是那個懵懂少年的錯覺。

不過這雙抓著肩背包背帶的手，在旅館的粗重工作訓練下強壯了不少。孩提時瘦小的身軀已經長得很高，原本近銀色的頭髮也逐漸轉為金色。

無論好壞，時間似乎都確實在我身上產生了作用。

「這個，也是啦，沒錯……而且，你現在也是個任何聖職人員都會留意的年輕學者了。除了自豪之外，你經常念書到深夜的求學態度也是我的榜樣呢。」

「先生，愛念書是件好事，但要是像寇爾先生那樣念，我就得花力氣弄一堆洋蔥、大蒜起來放了。還是別折騰我了吧。」

心裡一下為羅倫斯的讚許難為情，一下為漢娜的話尷尬。

我總是在白天工作結束後才開始念書。抄寫或誦讀神學書籍，基本上是一場與睡魔的戰鬥，我總得啃點生洋蔥或大蒜提神，害漢娜時常為了食材不夠用而對我發火。

「哎呀，一轉眼就十多年啦。謝謝你替我分擔了那麼多工作。要是沒有你，這間溫泉旅館也不會有今天，真是多虧你了。」

羅倫斯展開雙手，像父親似的用力擁抱我。假如當初沒遇見他，我現在還不曉得會是什麼樣呢，該道謝的是我才對。

「我才該謝您呢……旺季還沒過就下山，真的很不好意思。」

「哪裡，我已經把你留在這間溫泉旅館夠久了。要是在南方闖出了名堂，記得替我們打個廣告喔。」

模範商人羅倫斯總是會這樣開玩笑，減輕別人心裡的負擔。

「還有就是……我們家那兩個女的都不來送你，真的很不好意思。」

羅倫斯忽然沉下臉這麼說。

「赫蘿小姐她一星期前就跟我道別過了，因為她覺得自己來送行的話一定會想留住我。」

赫蘿是羅倫斯的妻子，有時像姊姊、有時像母親一樣照顧我。

「那倒是，她那個人真的可能讓你走不掉，這樣或許比較好吧。」

苦笑之後，羅倫斯吐出的是嘆息。

「繆里那孩子也讓你費了不少心呢。」

「沒什麼……」

原想否定，但我想起了這幾天她鬧出的大騷動，尤其是昨晚的事。

「好像真的是喔……她氣得一副想咬人的樣子，最後還真的咬下去了。」

「真受不了。」

羅倫斯不堪頭痛地扶額。繆里是羅倫斯與赫蘿的獨生女，沒事就嚷嚷著想離開這個邊境中的偏僻溫泉鄉闖蕩世界。

在這種時候提起自己就要下山遊歷，結果實在是可想而知。

「雖然繆里和赫蘿一樣倔強，但赫蘿好歹也是個大人，知道輕重緩急，而繆里卻還是個仲夏的太陽。」

即使將繆里當作心頭上的寶，那個調皮的野丫頭仍是羅倫斯的頭痛製造機。小時候，跑上山玩而弄得滿頭是血回家的事不曉得發生過多少次，幸好最近安分了很多。

可能是長大了自然就懂分寸吧，畢竟她也到了有人來提親也不奇怪的年紀。

「從早上就沒看見她，該不會是鬧脾氣，上山找熊哭訴了吧？」

想像有熊在窩裡被她咬住，不知如何是好的樣子，我也忍不住笑了。

「等我安頓下來，馬上就會寄信給您。到時候，大家再來找我玩吧。」

「那有什麼問題。只是可以的話，麻煩你盡量找個美食多的地方。要是一路上都要靠我自己討他們開心，我恐怕會累死。」

「一定一定。」

羅倫斯對笑著答話的我直直地伸出了右手。那動作並不屬於雇主，甚至不是十多年前收留我的恩人。

那是溫泉旅館老闆送客人離開之際的握手送別。

「路上保重。」

也許是發現我鼻子紅了吧，羅倫斯笑得更用力，手也握得更緊了。

「不要亂喝生水，東西也別亂吃喔。」

「漢娜小姐……您也保重。」

我拚命掩飾鼻音，也與她握手後重新背好肩背包。

「喂～可以走了沒！」

船夫似乎是好心給我們時間告別，看對話差不多了才出聲。

「我馬上過去！」

應聲後，我再次注視他們。上了這條船，我可能要過好幾年才能再見到他們，和這個四處蒸煙裊裊的紐希拉村。

看著看著，我的腳居然怎麼也不肯動了。這時，羅倫斯拍拍我的肩。

「好了，該走了。年輕人，向新世界出航吧！」

若說我無言以對，我就是在欺騙自己。

「別叫我年輕人了啦，我現在已經和您收留我那時同年了耶！」

於是我踏出第一步，緊接著補上第二步。自第三步起，已不需要特別注意。

回頭一看，羅倫斯背著手淡淡微笑，漢娜則是輕輕揮手。對這紐希拉村的不捨，以及想看看會不會見到繆里的念頭，使我的視線稍微投向遠處。以為她說不定會躲在哪棵樹後面嘟嘴，結果沒找到人。要起倔的繆里，真的和她母親一個樣。我輕笑一聲，轉向碼頭。

「話都說完了嗎？」

「抱歉讓您久等了。」

「沒什麼，那在我這行是常有的事。不過有句話叫做『人不能兩次踏進同一條河流』，有眷戀也不是什麼壞事。」

或許每天都在平靜的河面上擺渡，思慮自然就深了吧。

我對船夫深深頷首，從碼頭跳上船。

「今天就你一個客人，儘管在毛皮堆裡睡吧。」

船夫邊解開繫船索邊說。

毛皮堆一詞令我忽然想起以前聽說的故事。

故事是關於一個旅行商人。有天他來到一個村莊，想照常在自己的貨運馬車上過夜而鑽進毛皮堆裡，結果發現裡面有個外表俏麗的少女，還要商人送她回故鄉。少女擁有在月光照耀下顯得閃耀動人的亞麻色長髮，頭頂上長了人類不會有的大獸耳，腰際還有比遠勝於任何毛皮好幾階的美麗尾巴。她自稱賢狼，是寄宿村中麥田的豐收之神，也是活了數百年的狼之化身。商人接受了少女的請求，和他一同旅行。後來兩人甘苦與共、心意相通，最後一起過著幸福的生活。多麼美好的故事。

於是我忐忑地將手伸進毛皮堆探了探。沒問題，裡頭沒躲人。

船上除了毛皮，還到處堆放著塞滿了炭的麻袋和木桶等貨物。木桶裡多半是煉炭時餾出的焦油吧。那是可用來防腐或防水的塗料，不時傳來陣陣強烈焦臭。毛皮是比紐希拉更深山的零星聚落提供的。冬季時，一般山中居民會轉以打獵維生，將毛皮運至城鎮販售，換取生活必需品。對他們而言，背到山下的城鎮賣太辛苦，大多會直接賣給紐希拉，在這裡藉水運送下山賣。木炭與焦油也是同理。

「今年毛皮還真多。」

「是啊。大家生意興旺，我也多賺了一筆。紐希拉從以前就很旺，沒什麼變，不過現在到處都很熱鬧。你看，這個俗稱北方的地方，和南方的教會不是在幾年前停戰了嗎？雖然戰爭早就只剩下形式，兩邊愛打不打的，可是真正結束以後還是有差。」

船夫感慨地這麼說，將粗大的繩索丟上船，自己也跳了過來。

很神奇地，船幾乎沒搖晃。

「好啦。船推出去以後，旅行就開始啦。」

船夫走到船尾撐起長篙，使船緩緩推進，滑過河面。這天和紐希拉漫長冬季的任何一天沒什麼差別，但從船上望見的卻與應已見慣的村景極為不同。說不定是因為，那是我以旅人身分第一次見到的紐希拉，又或許是最後一次。這樣的想法使我立刻按捺不住內心激動，在船上跪下，向河邊目送我離開的羅倫斯和漢娜揮手。

「謝謝你們的照顧！」

羅倫斯笑著輕揚一手，漢娜露出燒出一桌好菜的表情。

而他們很快就消失在我的視野中。深山的河川流速就是這麼快。

「行了，道別就到這裡，再來該往前看了。」

船夫對戀戀不捨地望著村子的我說。不是教訓的口氣，溫柔得像在鼓勵我振作。我僵硬地對他靦腆一笑，轉向船頭。

啊，我踏上旅程了。一種寂寥卻又亢奮的奇妙感覺困住了我。

「話說，你剛剛在皮草堆裡摸來摸去，是在抓老鼠嗎？」

「咦？喔……其實是因為以前聽過一個故事。」

隨後，我說了旅行商人邂逅狼精靈的故事。明明只是隨處都有的奇譚，船夫卻聽得津津有味。

「我們撐船的為了幫客人打發時間，常有機會說那種故事。所以謝啦，我又多一則故事能說了。不過你年紀輕輕就因為想到這種故事就去皮草堆裡翻，也太迷信了吧？」

別說他應該不會相信這是真實故事了，要是告訴他那隻狼的女兒說不定就躲在毛皮堆裡，搞不好還會嚇破他的膽呢。畢竟故事裡的旅行商人就是羅倫斯，而躲在貨堆裡的狼就是他妻子赫蘿。

我也是他們奇蹟般旅程中的一分子，在目眩神迷的大冒險裡出過一點力，留下好多光是回想就讓人心跳加速或手汗直流的經歷。

然而，在他們兩人的故事中摻一腳之後，最神奇的並不是那類令人熱血翻騰的事，而是在他們「從此過著幸福快樂的日子」的後續生活中種種親眼所見。

他們的婚姻實在維持得太幸福，讓我驚訝得只能笑了。

「對了，你要去哪裡啊？之前好像是說斯威奈爾嘛？」

船夫所說的是向西順流而下，途中轉陸路往南即可抵達的城鎮。那裡自古以來就以毛皮與琥珀貿易聞名，相當繁榮。

「在那裡蒐集夠交通資訊之後，我想到雷諾斯去。」

「喔，雷諾斯！記得那裡靠著一條大河，有很多大船來來去去。聽說也因為這個緣故，稅關特別多。」

我也知道。我就是在那條河上的稅關之一遇見羅倫斯他們的。

因此我十分懷念雷諾斯，很想看看它現在成了什麼樣。

「這樣啊，那你想在那做什麼？你看起來……不像工匠，所以是作買賣嗎？」

「不。」

我輕輕搖頭，而仰首是因為我對就在天上的某個人立過誓。

「我想成為聖職人員。」

「什麼，原來是教士啊。失敬失敬。」

「可是我就連見習生都算不上，還不曉得行不行呢。」

「哈哈哈，怎麼能不相信神會保佑你呢？」

真是一點也沒錯。

「不過現在啊，教會不是和溫菲爾王國鬧翻了，弄得雞飛狗跳嗎？」

船夫的篙往河底一頂，船頭就輕巧地轉向避開大石。紐希拉是深山中的村落，四周沒有視野廣闊的沖積平原。險峻的崖頭上積了滿滿的雪，還有鹿好奇地往這裡俯瞰。

「您消息真靈通。」

「河裡不只有水，消息也會到處流通呢。」

他是故意說得這麼得意吧，真是個爽朗的人。

順著河流往西出海後再往西方過去的大島就是溫菲爾王國了。這個島國盛產羊毛，最近更興起一股造船風。

他們與統率世界宗教的教宗正面對立後，一晃眼就好幾個年頭了。

「再說，他們也是因為稅收吵起來的吧？這種事對我們這些靠載貨賺錢的人有直接影響，不想聽也會知道。」

順流而下的路上，船經過了許多領主的土地。每個土地之間都有稅關，會有人在那徵稅。大河上的稅關可能超過五十座，據說甚至有河高達上百座。

領主只能在自己的領地徵稅，然而教會卻是分布到哪裡就徵到哪裡。而事實上，也有種稅真的遍布了世界各地，叫做「什一稅」。

「要是教會不收這個什一稅，我們日子可就好過多嘍。再說你想想，這個稅本來就是他們為了和異教徒打仗才徵的不是嗎？那戰爭結束以後哪裡還有要我們繼續繳的道理。所以英勇的溫菲爾王便獨排眾議，跳出來說話了。」

無論何時何地任何名目，稅金都是惹人厭的東西。替人民爭取減稅的國王，沒有遭人唾棄的道理。

「然後呢，教宗就開始想辦法教訓這個實話實說的國王了。哎，真希望溫菲爾國王能多加把勁啊……」

說到這裡，船夫突然閉上了嘴。

似乎是想起船上乘客是立志投入聖職的人。

「真不好意思，我不是想數落你的志向。」

「沒關係。」

我簡短回答，輕笑一聲。

「其實我也是那麼想。」

「咦？」

並背向錯愕的船夫，迎著下游吹來的清澄寒風瞇起雙眼說：

「我也不敢相信教宗居然不好好溝通，以禁行聖事作威脅強徵稅金。」

呼出的氣變得更白，是因為摻了憤慨吧。禁行聖事是一種教宗命令，禁止該地區所有教會人員進行任何聖職工作。

「溫菲爾王國的新生兒無法受洗、有情人辦不了婚禮、不能替珍愛的家人舉行葬禮。那都是人生中的重大儀式，是聖職人員的義務所在，教宗卻把它給剝奪了。我怎麼也不認為，拿神的恩寵威脅他人繳稅是合乎神之所欲的行為。只可惜我才疏學淺，一點力量也沒有……」

我抬起頭，用力緊握總是懸在我胸前的木雕教會徽記。

「我想貢獻自己的棉薄之力，導正遭人扭曲的神諭。」

要從棄無辜靈魂於不顧長達三年的傲慢教宗手中拯救溫菲爾王國，為導正神諭而戰。這就是我下山的目的。

路途必定艱險，苦難重重。我至今學了很多，也直接碰觸過羅倫斯與妻子赫蘿童話故事般的奇蹟，所以我相信自己辦得到，一定有成功的一天。

為了替這個蠻橫殘忍的世界多少帶來點笑容與幸福。

我注視河流去向重新立誓。

神啊，指引我、給我勇氣吧。

強風彷彿天使的手，在我閉眼時撫過雙頰。

「哎呀呀……」

背後船夫的嘆息聲使我回過神來。

臉紅得發燙，是因為自己就連見習教士都算不上。

「呃，總之這就是，我的志向……」

「真抱歉，我還以為你一定是工作得很辛苦，很羨慕那些聖職人員可以在溫泉裡大吃大喝才立那種志的呢。」

船夫說得毫不掩飾，但那也是事實。來這種深山度假需要一筆可觀的旅費，以及拋下工作個把月也無所謂的地位。能同時達成這兩者的人，不是業已退休的大商行領袖或領土國泰民安的貴族，就屬高階聖職人員了。

「的確，為了享福而希望成為聖職人員的是真的很多吧。真是太悲哀了……」

「有一堆『甥姪』的聖職人員也不少呢。」

而這裡暗喻的說法，並不是船夫個人有所保留，純粹是公開的祕密。聖職人員終身不得嫁娶，沒有妻子當然就沒有兒女。因此，他們會有「甥姪」，就連教宗都不例外，還把其中一個嫁給了溫菲爾國王，完全是常態化的惡習。

「真希望這個世界能夠更誠實、更正直。就是因為放縱惡習，才會連教宗都因為貪圖金錢而仗勢欺人吧。」

我嘆著氣這麼說之後，船夫以質疑口吻問：

「這麼說來，紐希拉那麼多舞孃，你一根手指頭也沒碰過？」

他一副「再怎麼樣也不可能吧」的樣子，而我則挺起胸膛回答：

「那當然。」

「喔喔，這真是……」

船夫都說不出話了。

我已習慣那樣的反應。就連真正的聖職人員也沒幾個會遵守禁慾之誓，頂多只有位置偏僻的修道院那些無論怎麼努力也接觸不了女性的修士而已吧。

「不過我大概是想破禁慾之誓也破不了的那種。」

聽我苦笑著這麼說，船夫才有點不知所措地笑了笑。

舞孃和女樂師是對我搭過訕沒錯，但那僅僅是調侃的延伸。因此，我不算是努力堅持過。

「不過我認為，戒律定出來就是要遵守才對。」

我挺直背桿說。

「嗯嗯，說得沒錯。」

船夫低聲感嘆，再次靈巧地調轉船頭。

「話說，這人世就像河流一樣，不太可能直線到底。」

回頭看見的船夫表情，並不是倚老賣老或嘲笑年輕人談論理想。

而是逆來順受過許多事，將它們放水流的隱者臉孔。

「就是要偶爾轉個彎，魚才活得下去。」

或許是船夫這工作有很多時間可供沉思，這話寓意頗深。事實上，由於幾乎破了所有戒而悟出真理的知名神學家也真的存在。

「我大概明白您的意思。」

「當然，我不想批評你的理想，更何況你是想幹聖職的人。只是啊，這世上也有些直線走到底所遇不到的事吧，例如繞點路才能學到的經驗之類。」

話是這麼說沒錯。我直率地這麼想。

但是，我對船夫接下來想說什麼摸不著頭緒。

「呃……所以呢？」

船夫不知為何過意不去地搔起鼻頭。

「嗯，就是那個，我現在知道你為什麼要旅行，也知道你有可貴的情操，只是……哎呀，我實在沒想到你那麼看重戒律，說不定我是多管閒事了……」

「咦？」

就在我反問之後——

「無論如何，現在都回不了頭了。喂，可以出來嘍。」

船夫看著貨物這麼說，但視線不是指向毛皮堆，而是那前方的木桶。隨後，木桶蓋「碰！」一聲彈上天空。

「喔！」

船夫漂亮地接住蓋子，一條穿上厚重旅靴的細長人腿直直伸出木桶。笑得尷尬的船夫身旁，我嚇得嘴都闔不上了。

「唔～！唔唔～！」

一雙手伴著那呻吟抓上桶口，木桶跟著喀噠喀噠搖晃起來。

就在它即將倒下的那一瞬間，一個女孩跳了出來。

「臭死我啦啊啊啊！」

「繆里？」

跳出木桶的女孩就這麼踏散毛皮堆，撲進我懷裡。她有頭摻了銀粉般的奇妙灰色長髮，身材纖瘦，年紀才十多歲，稱作少女都嫌早。這個繆里就是精力特別旺盛，一口氣撲倒了我，弄得船左搖右晃。沒翻過去是因為船夫技術好吧。

「唔，繆、繆里，妳、妳為什麼——」

「會在這裡」跟「全身一股焦臭味」在咽喉相撞，出不了口。

「哪有什麼為什麼！」

女孩——繆里奮力大叫，不知是因為木桶裡太臭還是其他緣由，眼睛堆滿了淚俯視我。

「也帶我一起去旅行嘛！」

比湧出大地的溫泉更熱的淚水滴在臉上。我暫且將繆里突然從木桶跳出來、怎麼看都跟船夫串通好、船已經回不了頭等問題都拋了開。眼前的繆里情緒隨時會爆炸，灰髮已經在陣陣蠢動。

沒其他法子的我只好趕緊抱住她，用手臂藏住她的小腦袋瓜。

「好啦！知道了啦！」

冷靜一點！

繆里隨即掙脫我的手，猛然抬頭。

「真的？真的嗎！」

「真的、真的啦！妳先冷靜下來——」

耳朵和尾巴都跑出來了啦！

繆里無視我心中吶喊，眼睛睜圓笑口大開，像頭突襲獵物的狼撲了上來。

「大哥哥我愛你！謝謝！」

她是真的非常高興吧，與頭髮同色的獸耳和獸尾都啪啪沙沙猛搖不停。

我青著臉窺探船夫，他不知是總算吐出祕密解了悶，還是自覺對我們投注了多餘的顧慮，只

見他坐在船尾開他的小酒桶，沒看我們。

總之我得先設法處理這個狀況才行。那個旅行商人與狼的故事都是事實，而這個女孩就是他們的獨生女。平時耳朵尾巴收放自如，樣子和正常人無異；但情緒激動或遭受驚嚇時，藏起的耳朵尾巴就會不自禁地冒出來，很傷腦筋。

「繆里、繆里……！」

「呵呵、嗯呵呵……嗯？」

眼淚都還沒乾，她就能笑得這麼燦爛。

感情豐富是件好事。

但是，希望她能多用點腦袋。

「跑出來了、跑出來了啦……！」

直到我壓低聲音提醒，她才終於發現，急忙以貓洗臉般的動作摸了摸頭。尾巴也在這時候消失，看來是平安躲過了船夫的眼。我釋然放鬆脖子，後腦勺「叩！」地一聲撞上船底。

接著立刻抬頭說：

「繆里。」

「嗯？」

繆里那張不知幾時學會的女性笑靨，擺明是因為聽見我的聲音裡有怒氣而裝出來的。

「給我起來。」

「……好啦。」

可能是船上空間小無處可躲，或是因為我已經答應要求，她比平常更老實地收起笑容。

「真是的……」

我嘆息著坐起身，繆里也伸手來扶我。

然後一起收拾她踢散的毛皮，將她躲藏的木桶擺回原位。

那口木桶原本裝的應是焦油，滿滿都是焦臭味，燻得繆里全身好比跌進爐灰那麼臭。繼承狼的血統，嗅覺靈敏的繆里在裡頭躲了那麼久，可見決心之高。

再說她可是羅倫斯與赫蘿的女兒，當然不會因為我不帶她同行就跑進熊窩哭哭啼啼。

「現在是什麼情況？」

待一切恢復原狀後，我問。

「嘿嘿……我離家出走了。」

繆里也不曉得知不知錯，仍以那副野丫頭的樣子縮縮脖子這麼說。

船已回不了頭。劃開險峻山嶺的河川，兩側大多是高聳崖壁，好一點也是大塊石堆；就算有地方能靠岸，當然也不會剛好有像樣的路能走。領主在河上設置的稅關是有可供旅人行走的山路，但若拐錯了彎，說不定會愈走離紐希拉愈遠。而且，這裡依然是嚴冬時節，到處都積雪極深，天氣看起來也快颳起大風雪了，腿那麼細的女孩子怎麼可能走得回家。現在顯然無法趕她回去，所以我面對她坐下，張口就是重重的嘆息。

「想跟就算了，妳怎麼穿那樣？」

乖乖坐著的繆里頓時眉飛色舞起來。

「很可愛吧？這是我請海倫姊做的喔。聽說現在南方人都穿這樣呢。」

繆里提起目前經常往來各溫泉旅館的知名舞孃，天真地說出這種話。她圍著兔皮披肩，上衣是肩部造型略為膨起的襯衫，還戴了熊皮之類做的束腰。就我所知，那的確很接近幾十年前宮廷貴族間流行的樣式。

不過，真正讓我頭痛的還在下面。

「我沒有海倫姊那麼豐滿，有點可惜就是了……嘿嘿，好看嗎？」

繆里細長的腿，包著縫成筒狀的貼身亞麻布；而套在那上頭的褲子部分，管口開在相當大膽的位置，非常地短，完全是為了展示腿部的設計。就連那雙厚重旅靴也似乎沒有實際用途，單純為了突顯那雙細腿而穿。

「妳喔，真不曉得該從哪裡說起。總之年輕女孩子把腿露那麼多出來不太好。」

「我哪有露出來。你看，到腳尖都包得緊緊地耶。」

繆里拉起裹覆細腿的刺繡亞麻布如此自辯。那姿勢異樣地煽情，使我不禁咳兩聲打斷她。

「並不是沒露出皮膚就沒關係。」

那與綁起辮子，穿麻布長裙與圍巾的樸素村婦裝扮實在相差太遠。

「再說，穿那樣根本不適合長途旅行。很冷吧？」

「我不怕。海倫姊她們都說，愛美就不怕流鼻水喔！」

她雖笑容滿面地這麼說，但仔細打量後，我發現她嘴唇有點發紫，腳也抖得像小鹿一樣。

我又長嘆一口氣，往毛皮堆伸手，一條條往繆里腿上掛。

「看妳不會把冬眠的青蛙挖出來丟進浴池、設陷阱把兔子老鼠一網打盡之後，我還以為總算能放心了，結果……」

繆里原本是玩得比村裡男孩還瘋上一大截，後來不曉得怎麼搞的，女孩子的樣突然就出來了。但安心沒多久，現在卻要人往另一種方向替她頭痛。

畢竟溫泉旅館做的是娛樂客人的工作，愈花俏熱鬧愈好。再加上客人也都是拋下了各種束縛，在那種地方要她禁慾或節制根本沒有說服力。

父親羅倫斯雖也罵過她，可是被她看出只要暫時裝乖就不會捱太多罵，實在無法期待。更糟的是她最近還學會拿「我以為爸爸會喜歡……」裝可憐，效力是愈來愈弱。

不過繆里很清楚要是踩到母親赫蘿的尾巴，會比羅倫斯不知道恐怖多少倍，所以會看赫蘿的臉色。可是活了好幾百年的赫蘿並不是會為了那一、兩塊布花心思的人，反而會為了圖方便而透過繆里接收華服資訊。

到頭來，我只能親自負起教育她的責任。

「明明就是你自己要我穿得像女生一點。」

繆里在毛皮堆中生起悶氣。

「妳這樣太極端了。我是看妳像蠻族一樣，只圍個纏腰布就上山才那麼說的。凡事都是中庸最好，懂嗎？」

「……好啦。」

繆里沒趣地回答，並就此向後一倒，躺進毛皮堆裡。

「嘿嘿，反正怎樣都好。總算離開那個小不拉幾的村子了。」

並兩手大大一攤，望著清澈的藍天這麼說。

我不想潑她冷水，但總得有人接下這個任務。

「到了斯威奈爾，我就替妳安排人馬送妳回去。」

在斯威奈爾，有很多因溫泉旅館營業需要而認識的生意夥伴，幾乎都很可靠，可以放心把繆里交給他們。

然而，我都已經繃緊肚子等她抓狂發飆了，她卻一點彆扭也沒鬧。

「繆里？」

我再問一次，只見望著天的繆里慢慢閉眼，嘆口氣說。

「好啦。」

聽話成這樣，反倒讓我有不祥的預感。難道她只是想離開村子一下下就好？不過這點理由不足以讓她下定決心躲進臭到鼻子會歪掉的木桶裡一早上吧？而且啟程前這一個星期，她天天都真的咬著我不放，求我帶她走。

我懷疑地窺探繆里，而她只是在毛皮堆中打個呵欠。

「呼啊～……啊呼。我天還沒亮就開始準備，開始想睡了……」

繆里一丁點兒也不懂我有多擔心她。對自由奔放的繆里而言，想做的事以外全都是煩惱吧。從她決定要睡就能馬上睡著這個特技來看，她的臉皮明顯不是一般地厚。毛皮縫隙間很快就傳出陣陣鼻息。

我無奈地嘆口氣，再往繆里身上蓋毛皮。看她睡得很悶，又幫她頭上撥出點空間。她乖乖睡覺的樣子滿是生氣，相當可愛，但就是那份可愛害我勞心勞力地忙個沒完。

為了不讓她著涼而替她蓋好毛皮時，船夫用長長的篙靈巧地勾起木啤酒杯把手，伸到我面前。酸甜的香氣，告訴我那是醋栗酒。

「天還沒亮，她就跑來村裡的集會所叫醒正在小睡的我。」

想都不用想，我馬上就知道他在說繆里。當然，我不會因為船夫幫助繆里就怪罪他。

「她死命地要我讓她上船，不然就會死什麼的。我不曉得那是不是月光的關係，總之我看到那雙在黑暗裡發亮的金色眼睛，就覺得她是認真的了。」

我啜飲著酸勝於甜的酒僵硬地笑。吵著要旅行的繆里是多麼嚇人，我這一星期可是天天都在領教。

「幹我這行的，本來就是經常會遇到想雲遊四海，或是惹了麻煩想跑路的人。經驗多了，自然就分得出該不該幫了。」

「所以您是決定應該幫她嗎？」

「主要是因為，她路上的伴是一個很守規矩的青年嘛。只是你比我想像中更硬，所以剛才還在擔心你會不會發脾氣呢。」

船夫笑呵呵的話實在令人唏噓不已。吞下一口酸甜的酒之後，我垂下肩膀。

無論如何，到了斯威奈爾就一定要趕繆里回去。不管她在打什麼主意，我的態度都必須堅決才行。繆里討厭拘束，我行我素；一被客人鼓吹，就會用讓人緊張得不得了的動作和舞孃一起跳得昏天暗地，然而心裡總有著一塊冷靜的地方。長得愈大，她就和母親赫蘿愈像，像得嚇人。而真正像的並不是外表，而是與稱作賢狼受人尊崇的母親相同，不時閃現於胡鬧之間，彷彿能看透命運的理智眼神。

「沒想到你們是兄妹，我還以為一定是情侶呢，真是錯得遠嘍。」

「我們並沒有血緣關係，她是照顧我很久了的溫泉旅館老闆的獨生女。我還聽過她剛出生的哭聲、替她換過山一樣多的尿布呢。」

繆里自己最近也似乎把我當成了真正的哥哥，這也表示赫蘿和羅倫斯待我如家人一般，而不只是個工人。實在是感激不盡。

「總之，有這麼一個聒噪的女孩作伴，旅途再長也不會無聊吧。」

雖然我是打算儘快送繆里回村，但不難想像，至少在那之前的旅途不會太安靜單調。

「熱鬧固然好，但凡事都該適可而止。」

「那也很重要，就像河水一樣。」

船夫笑著輕舉酒杯，我也對他敬酒，並向神祈求旅途平安。

每過一次稅關，船就要停下來讓人查貨，支付稅金。

從午睡中醒來的繆里看什麼都很新鮮，樂此不疲地到處張望，意外地安靜。

到了太陽轉紅的時候，周圍景色也變了很多。儘管山景仍占了大部分，但雪少了，碎石多的河岸多了，有時岸邊還有道路。

在流速減緩不少的河面上拐個大彎繞過山丘，與過去截然不同，又大又熱鬧的稅關便呈現於眼前。

「哇！好大喔！」

寬廣河岸上堆放了許多貨物，多半是從上游載下來，或是等著送往下一座稅關吧。碼頭入口有持槍的盔甲士兵看守，一旁還有供夜巡用的篝火盆。有的人正在綁船，準備在此結束今天的航行，有的還已經在船上喝開了。

「這是赫比里希大人的稅關，這條河第二大的。」

船夫將船停靠碼頭後，幾個看似和他有點交情的船夫紛紛向他打招呼。

「第二大？這樣還是第二大？」

河岸彼端能看見一、兩間旅舍，而屋簷下已經擺出長桌和座椅，提早開起夜宴。這裡沒有城牆壓迫，各種事物看起來都很豪氣。

笑聲與不知誰在彈奏樂器的旋律，讓繆里雀躍得蠢蠢欲動。

「最大的，還要繼續順河走兩晚才會到。稅關不是那種小木屋，而是用石頭堆起來的雄偉要塞，還有鐘樓呢。對岸也有一樣大的石塔，兩邊用巨大的鎖鏈串起來。從鎖鏈底下過去就好像在接受地獄的審判一樣，緊張死人了呢。」

「鎖鏈？」

繆里臉上冒出問號。

「拉了鎖鏈，船不就過不去了嗎？」

見到船夫下了謎題似的笑，想不通的繆里向我求助。

「那就是目的呀。」

「沒錯。因為從那裡再過去，一口氣就會到海邊了。為了防止大海上那些從四面八方來的壞海盜入侵內陸，一有必要就要把鎖鏈砸下來，守住關口。或是用來嚇唬海盜，告訴他們敢來攻打我們的城市，就準備被這些鎖鏈栓起來當奴隸做牛做馬。」

繆里聽得瞪大了眼，彷彿現在就有鎖鏈在她頭上。

「海……盜……？海盜？你說的海盜是那個海盜？」

繆里所出生的紐希拉村，是個就算爬上山頂也只能看見更多山的地方，那個詞跟她的生活實在是差了十萬八千里。

她興奮得眼睛睜得更大，並抓得我的手都痛了。

「天啊！大哥哥，海盜耶！海盜！要用鎖練？打敗他們？」

繆里在船上又叫又跳，引來周圍群眾好奇的目光。知道這個女孩是第一次離開深山之後，粗獷得隨時都能轉行當海盜的船夫們全都笑得像看見孫子的老爺爺一樣和藹。

「好厲害！好厲害喔！大哥哥也要出海嗎？會出海對不對？」

「並不會。」

可是我卻加倍冷淡地這麼說。再讓她興奮下去，耳朵尾巴說不定就要跑出來了。

而更重要的是，讓她對外面的世界太感興趣，屆時會很難送她回紐希拉。

「再說海盜很少會想跑進內陸，我也從來沒聽說過。」

「是啦，只是嚇嚇他們……或是炫耀說這塊土地很重要，連海盜都想要。要是下到海口，或是從海口上來的時候看到頭上掛了那麼巨大的鎖鏈，誰都會捏把冷汗吧。」

繆里對這番說明頻頻用力點頭，讚嘆不已。

「外面的世界真的好複雜喔。」

似乎要接「神啊，保佑我」的嚴肅口吻讓我差點笑了出來。

但我不能鬆懈。必須盡可能地對她冷淡，用理性壓住感情才行。

「走嘍，繆里。今天要在這過夜。」

「啊，嗯、嗯！」

表情肅穆地望著河流遠端的繆里驟然回神，慌慌張張從她躲藏的木桶拖出行李。看來她還是有準備的嘛，只是不曉得裡頭都裝了什麼就是了。

「謝謝您載我們過來。」

「哪裡。」

繆里注意到我們要在此與船夫告別，便仔細背正和我那個差不多的肩背包，笑嘻嘻地揮手說道：

「船夫大哥，謝謝喔！」

「再見嘍！」

船夫也帶著爽朗笑容搖搖操船用的篙。繆里笑著點點頭，在船夫離去之際再度轉身揮手。

我側眼看著她，喀喀喀地踏過棧橋，下到清開河岸碎石而成的道路，為踏實的地面鬆了口氣。

搭船很有趣，但總是有些緊張。不知道繆里有沒有暈船。往身旁一看，見到的是一張陰鬱的臉。

「暈船啦？」

繆里抬起頭，無力地微笑。

「沒有，只是才剛聊起來就要走了……有點捨不得。」

或許她又瘦又小還穿得這麼少多少影響了我的感覺，不過她強顏歡笑這麼說的模樣真的很惹人憐。

不過我現在不能心軟，於是繃起臉說：

「溫泉旅館不也都是這樣送往迎來的嗎？」

「是沒錯……可是客人是客人啊。」

「對船夫來說，妳也是其中一個客人而已。」

「……」

走在身旁的繆里抬頭看我，表情有些受傷。

「這樣啊……」

旅行就是一連串的別離，不可能從頭開心到尾。

懂了這點之後，她說不定就能乖乖返回紐希拉了。

話雖如此，繆里那麼沮喪的樣子還是讓人怎麼看都不捨。

「別難過，那個船夫一直都在這條河上上下下，到村裡碼頭就會再遇見他了。」

繆里抬頭朝我看來。

一對上眼，她就得救了似的笑了笑。

「謝謝喔，大哥哥。」

差點就要被繆里的笑臉綁架了。

爾後，我帶著她前往河邊的旅舍訂一間房。原本只是想睡最便宜的通舖，但有繆里在就不行了。這裡多花的錢就靠日後省回來吧。

無奈地放下行李後，繆里打開木窗向下望，並精神奕奕地轉回來。

「大哥哥！外面在烤肉耶！」

繆里在紐希拉長大，從小就非常喜歡宴會，且加倍喜歡美食。要是她喝了酒，我恐怕就管不住了。

我被她揪著袖子來到窗邊往外看，的確有幾個人用石頭圍成的爐豪邁地烤著全豬。

「你看你看？烤全豬耶，很厲害對不對？今天是不是有祭典呀？」

論熱鬧，紐希拉也不遑多讓，只是深山裡物資流通有限。相較於天天都抓得到的野兔野鹿，豬可就非常稀有了，所以繆里對豬的印象多半是高級外來貨吧。況且是整頭拿去烤，在紐希拉根本見不到。

我沒回答大為興奮的繆里，思考該怎麼讓她接受晚餐只吃肉乾和炒豆時，感到有視線射向我們。你一杯我一杯的旅人與商人們之中，有個獨坐一角的人淺淺地抬望著我們，稍微揚手。

「去嘛，大哥哥？一下下就好了啦，去嘛？」

繆里如此央求，而我只是從錢包拿幾個銅幣交到她掌心裡。

「請妳去買我們兩個人的晚餐。雖然不多，但應該能買些烤豬肉吧。」

「咦……啊，嗯。」

繆里手握這地區流通的迪普銅幣，略為錯愕地回答。

「大、哥哥，你不去呀？」

「我每天這時候都要祈禱和默讀聖經，還是妳也想加入？」

繆里整張臉立刻皺了起來，深怕遭殃似的遠遠繞開我到門邊去。

「那我去買嘍！」

「不可以買酒喔。」

「咦……」

「不行就是不行。」

繆里沒再應聲，嘟著嘴離開房間。

真是的。我嘆口氣，一會後再向外瞧，見到繆里小跑步到烤豬前並突然轉過來朝我揮手。能在人群中立刻發現她，並不是因為她有舞孃直傳的新奇裝扮，而是她在人群中就是那麼醒目。彷彿有把刀沿著輪廓將她切離周遭，只有她散發微光的感覺。

會是我當她親妹妹一樣地疼，認為她比別人特別的緣故嗎？

當我苦笑時，門敲響了。

「請進。」

我收起笑容，關上木窗。

開門進來的，是先前在廣場仰望我們的旅人。

他個子不算高，不過也不至於很矮；體格不算壯碩，但也稱不上瘦。會讓人留不下印象，或許是因為不時會作些諜報工作的緣故。

戴起兜帽像個年輕少年的寡默男子，實際上已是漸有皺紋的年紀。

「真想不到會在這裡遇見您。」

我請他坐下，他卻搖頭婉拒。

「我不會久留。不好意思，還讓你特地把人支開。」

「啊……那孩子是從紐希拉就躲在木桶裡，硬跟我過來的。而且還是裝過焦油，臭到以為不會有人躲的木桶。」

「咦？」

男子先是一驚，然後笑得肩膀陣陣抖動。

「那種木桶真的很臭，我也躲過好幾次。」

看來他也做過很多危險的事，人果然不可貌相。他是在德堡商行——勢力遍布這北方地區的強力大商行作聯絡員。德堡商行和與教宗鬧翻的溫菲爾王國是同一陣線，多半是想藉由紓解王國的困境，以換取商業上的特權吧。

因此，才會有人接下重務，替我這樣願意貢獻己力的人與溫菲爾王國牽線。

「那實在不好笑啊……言歸正傳，您怎麼會在這裡？不是約好在斯威奈爾見嗎？」

「是沒錯，只是去雷諾斯的行程取消了，所以我留在這裡通知你。現在要改去阿蒂夫。」

「阿蒂夫？」

那就是我們白天那條船的船夫所說，在稅關掛起巨大鎖鏈抵禦海盜的城市。

「離雷諾斯有很長一段距離耶……是怎麼了嗎？」

流經紐希拉的河川稍微南下一段後會拐向正西，苦悶地蜿蜒鑽過山巒夾縫，來到名為多蘭平原的平地並就此入海，而雷洛斯是位在此處西南方的地方鄉鎮，中間還隔了好幾座山頭。

「我們和雷諾斯主教座大主教的談判，開始沒多久就破局了。」

「咦……」

「海蘭殿下原想親自說服大主教，不過雷諾斯是聯絡南北兩地的交通重鎮，最後由勒福克伯爵自己請命代為談判。」

在我小時候，雷諾斯還沒有教會，而如今規模已壯大到堪稱北方一大信仰中心。設置主教座後，握有其他教會主教任命大權的大主教，在這裡揮舞權杖至今也將近十年光景。

可是，我難過並不是因為在雷諾斯這個重要城市談判受阻。

「海蘭殿下一定很遺憾吧。」

而是因為在乎這個人的感受。

「別擔心，殿下的優點就是從不輕言放棄。」

海蘭是溫菲爾王國的王家血脈，身分高貴，但這名聯絡員說起他的口吻卻像朋友一樣。這原是大不敬的事，但我明白他為何如此。海蘭從不擺架子，待人真誠，很容易當他是親朋好友。

我會決心提供溫菲爾王國一臂之力，除了認為這才是正道之外，有很大一部分是由於海蘭來到紐希拉進行泉療時那番真摯的言語深深打動了我。

「那麼，接下來要去阿蒂夫談判？在雷諾斯之後去阿蒂夫，好像……」

「覺得接在雷諾斯談判失敗之後，像是退而求其次嗎？」

被男子說中的我老實點頭。

「阿蒂夫教會雖也設了主教座，但新人就是新人，沒什麼力量。而這幾年阿蒂夫藉由買賣賺了一大筆，整個鎮是日益繁榮。只要能說服他們，就能確保北海三分之一的領域。」

既然勢力深達北方各角落的德堡商行這麼說，應該假不了。

阿蒂夫不知不覺變成了一個大城鎮，而我卻什麼都沒聽說。看來在紐希拉這種深山裡過活，想不與外界疏離也難。

「此外，那也是不受任何王權控管的自治都市，拉攏起來也不壞。只要阿蒂夫願意協助我們，其他自治都市也會跟進吧。而且從阿蒂夫出航，以現代船隻的速度到溫菲爾王國甚至不用兩天。那裡只是地圖上看起來遠，事實上相當重要。」

儘管我對地理知識還有點自信，可是世局瞬息萬變，將自己的記憶全當作過去才是明智之舉。

「不管怎麼說，海蘭殿下和溫菲爾王國真的是需要拿出點魄力出來才行，不然我們這些做小弟的可就沒錢賺了。」

對於男子商人般的言論，我也只能苦笑，但那是事實沒錯。

「寇爾先生，您應該是以未來王家的御用主教為目標吧？」

「我……」

我原想辯解，但說不出話。最後出來的，是承認自身慾望的靦腆笑聲。

「我不敢說自己不想出人頭地，可是我當前的目標還是放在打倒教宗這些只有蠻橫可言的政策，以及濫用神諭的現況。最重要的是海蘭殿下高潔的信仰深深感動了我，我很希望他能為百姓帶來幸福安樂的生活。假如我能為導正信仰盡一份力，那我當然是樂意之至。而且……」

「而且什麼？」

「要是什一稅加重下去，紐希拉從外地進的各種物資都會漲價吧？反過來說，只要能廢止什一稅，就能守住紐希拉所有溫泉旅館的荷包了。」

男子表情略顯驚訝，然後拍額而笑。

「你真的跟那些關在修道院裡讀死書的學僧很不一樣，感覺很可靠。這就是右手天平，左手聖經吧。」

「說不定會變得不倫不類呢。」

「讓時間去慢慢證明就行了。」

若能成功，各方都能獲得期望中的利益。儘管我也是那行列中的其中一人，但依然是出自一片赤誠，絕非貪圖利益。說得誇張一點，就算毫無回報，我也甘之如飴。

在僅提供貴客使用的寧靜巖窟浴池中，海蘭找我進行教理問答時的種種，我仍記憶猶新。海蘭的信仰與熱忱是千真萬確，且真心為家國遭到教宗的慾望蹂躪而心痛。自古以來，站在位高權重者身旁的聖職人員往往也是他們的好友。倘若我自身所學能成為偉人的支柱，那實在是再榮幸不過的事。

「另外，海蘭殿下的遠大計畫實在教人期待啊。」

男子歪唇一笑，說道：

「製作《萬民神典》，可是到了這年紀也一樣會血脈賁張的大事業。這表示海蘭殿下也很看好寇爾先生您喔。」

「不敢當。」

那是真心話，並非謙虛，男子卻咯咯笑個不停。

「總之呢，兩位這段時間的吃住，將由我們德堡商行全程包辦。需要的器具也都能夠立刻備齊吧。」

「有勞了。」

「那麼，我也該到下個地方了，現在還有船能載我到下個城鎮去。海蘭殿下也已經從海路抵達阿蒂夫了吧。再見，願神保佑你。」

男子淺淺一笑就離開了房間。

在「喀碰」一聲關上的門前，我鬆了一大口氣。看來我比想像中緊張多了。

我很清楚自己只是眾多幫手的其中之一，也明白這是關乎信仰的嚴肅問題；可是無論我怎麼勸戒自己，都依然會感到胸中有團火在燒。忘卻本分的教宗，與反抗教宗的溫菲爾王國——

我從沒想過自己心中也會有面臨巨大浪潮的興奮，以及對冒險的憧憬。

首先要到阿蒂夫輔助海蘭。儘管自知太過自負，我仍加深打定協助海蘭的決心。就在這個時候——

「啊～大哥哥～！」

門後傳來繆里的滑稽喊聲，打破我的嚴肅思慮。

「快點開門！」

這「鏗鏗鏗」的聲響，是用腳踢門的聲音吧。

我嘆息著開了門。

「要跟妳講幾次不要踢門才會懂啊？」

「哇！哇！等一下，讓開讓開！」

繆里聽也不聽我抱怨，跌跌撞撞地推開我進房，好不容易將手上的東西平安放到床上。

「手、手燙死了！有沒有燙傷啊……」

繆里對著手呼呼地吹，我則是看傻了眼。

「繆里？妳怎麼能買那麼多回來？」

我給她的迪普銅幣是這一帶最小單位的貨幣，那兩、三枚了不起只能換一份餐，買幾片豬肉配上放了幾天的乾麵包就很不錯了。

而她卻抱回了用大葉片打包，琳瑯滿目的食物，以及三條有她大腿那麼粗的新鮮麵包，怎麼看都不是那些錢夠買的東西。更誇張的是，居然還有個小酒桶。

「我不是說不准買酒嗎？」

大概是不理我也嫌煩吧，繆里淡淡地說：

「那又不是買的。」

「不是買的？」

「人家給我的。」

「照妳這麼說——該不會，那些全都是吧？」

一聽我這麼問，繆里的臉立刻換上得意的笑。

「在等豬烤好的時候有人找我跳舞，我就跟著音樂跳了一下，結果他們都超開心的，就送我這麼多了！」

繆里捧起雙頰，樂呵呵地扭身一轉，耳朵和尾巴跟著甩了出來。這女孩就是喜歡玩鬧，在紐希拉的溫泉旅館也時常和舞孃一起跳舞。

見繆里樂得搖起毛茸茸的尾巴哼歌跳舞，我不禁扶額嘆息，並用力按住她腦袋。

「繆里，以後不要隨便那樣。」

「喔咦？」

一雙不解的眼從掌下望來。

然後想起什麼似的開口：

「啊……呃，我自己也覺得，那個，沒脫鞋就到桌子上跳舞不太好啦……」

耳朵塌下，尾巴無力下垂。

妳還幹了那種事啊？我頭都暈了。

「可是可是，我有先看過有沒有舞孃喔？我知道不能跟她們搶生意。」

繆里強調「至少這規矩我懂」般高挺胸膛。

在紐希拉，天真可愛又活潑的繆里跳起舞來總是最耀眼的一個。

只不過這麼一來，客人的想法就不同了。與其給一身風塵味的舞孃幾個賞錢買笑，倒不如陪看到肉和麵包就開心地咬上去的繆里玩還比較有趣。舞孃們的收入將因此受到嚴重侵害，而繆里也實際與她們起過好幾次爭執，所以她指的是這回事吧。我放開繆里的頭，握拳輕推一下。

「問題不在那裡。」

「……？」

繆里按住頭裝痛，樣子很不服氣。

以前她都會乖乖聽話呢。在令人疲勞的頓挫中，我打開木窗向外望去。

「這裡不是紐希拉。一個女孩子家在醉漢面前跳舞，是很危險的事。」

烤全豬已經吃到剩骨，酒客們鬧哄哄地比著腕力。

聚在這稅關的人，全都是買賣毛皮或木材等貨物的商人、搬運工或船夫。雖然沒傭兵那麼可怕，但基本上多是粗人。

「很危險？」

然而，繆里卻疑惑地這麼問。

「我的意思是，不是每個男人被美麗的舞蹈迷倒以後都會下跪獻花。」

就算沒那麼危險，她看起來也太沒戒心。

「喔，你說那個啊，沒問題的啦。」

繆里伸手拿取擱在床上的食物。拆開仔細包裹的大葉片後，現出肉汁橫流，令人垂涎的豬肉。

「海倫姊教過我很多，而且娘也說過女人甩過愈多男人就愈有價值喔？」

並捏一片豬肉塞進嘴裡，舔著指頭上的油脂說出這種話。

上紐希拉泡溫泉的貴族，有時也會帶上年輕子弟。這些子弟大多是以山林狩獵作消遣，一旦膩了就幾乎沒有其他娛樂，所以曾試圖親近繆里的其實也不少，是真心還是一時玩玩就不得而知了。

男性追求女性是理所當然。跟她說那樣跳舞會嫁不出去，她根本不會聽。

「真是的……」

不過話說回來，或許這年紀的女孩就是天不怕地不怕吧。

彷彿瞬間憔悴了十幾二十歲的我無奈地說：

「不是每個人都會在妳說不要的時候乖乖收手。」

繆里嚼著第二片肉，察覺我要開始長篇大論般一臉不耐。

「等到事情發生就來不及了。聽好了，繆里。妳年紀還小，不知道人心險惡。我要妳謹言慎行不是在欺負妳，而是只有那樣才能保護妳自己。」

開口之前，繆里已經將那包肉放到床上，掰開麵包夾起了肉。

姿勢是向前彎腰，所以她是用小小的屁股對著我。毛茸茸的灰色尾巴搖來搖去，彷彿在對我說「別在意、別在意」。

「妳有在聽嗎？」

「有在聽啊～來，這是你的份。」

繆里笑著遞出果然有她大腿那麼粗的大麵包。裡頭夾了滿滿的肉，也塞了滿滿的起司。

「……這麼多，我吃不完啦。」

「咦～？大哥哥就是吃太少才會一副弱雞樣啦。」

「弱、弱雞……」

雖然比不上傭兵或獵人，我仍自認有點肌肉，心裡頗受傷。

而繆里另外抓起的麵包比她交給我的還要大，看到就飽了。

「開動嘍～！」

繆里的嘴大大張開，「嚓！」地咬在麵包上。真不曉得那麼瘦的身體怎麼裝得下，只見她吃得滿面喜色，耳朵尾巴搖個不停。

「真是的……」

我嘆出今天不知第幾次的氣，望著吃得正起勁的繆里，自己也咬了一口。她那彷彿確信世上只有快樂、美景、歡笑與幸福的模樣，若說沒有某方面的羨慕，那就是自欺了。

再說，我也不願見到繆里學會以猜疑眼光視人而失去這份天真。只要她能繼續這樣平平安安，不受一點傷害地長大就好了。

因此，我很希望她永遠都不必認識外面的世界，在紐希拉那樣的地方平靜過活。

「現在，該說說妳要怎麼回紐希拉了。」

一聽，麵包嚼個不停的繆里戛然而止，擺出聽不懂的臉歪起腦袋。

「請不要裝傻。」

繆里也應該沒傻到以為我會那麼乾脆就讓她同行。

果不其然，她一被我點破就變張臉咬下一塊麵包。先前乖順的態度，似乎只限於船上。

「不要。我才不想回去。」

「不可以。」

斷然拒絕後，繆里的尾巴膨成一大把。

「我原本打算是到了斯威奈爾之後，拜託信得過的人送妳回家，可是現在計畫有變。明天我一早就會請快馬送信上去，找人下來接妳。」

若考慮這時期紐希拉長期住客甚多，到處都非常忙碌，是該由我送她回去；但帶著繆里走積雪難行的山路，恐怕要花上兩、三天。

既然堪稱我目前的直屬雇主海蘭可能業已抵達阿蒂夫鎮，我也必須儘快和他會合才行。

「再說，羅倫斯先生和赫蘿小姐現在應該急死了吧。」

若是羅倫斯，說不定都幾乎要抓狂了。具賢狼之名，真面目是足以生吞活人的巨狼，也是繆里之母的赫蘿，也可能今晚就乘著夜色跑來接她。

而繆里只對赫蘿絕對服從，真的那樣就省事多了。

然而才剛這麼想——

「她才不會擔心咧。」

繆里擺起臭臉。這時期的孩子就是特別討厭父母拘束吧，面對面講道理都會頂嘴，真不曉得該怎麼教才好。當我在腦裡翻找聖經中的教示時，繆里叼住麵包空出手來，窸窸窣窣地從胸前抽出某樣東西。

「啊喔，咿喔哈咿喔嘿喔。」

「咦？妳說什麼？」

幾乎在反問的同時，我看出了繆里從胸前抽出的是什麼東西。

「咦？啊……那不是……！」

原來繆里不是擺臭臉，而是覺得我在說蠢話。

她手裡的東西，不過是個以細繩繫起的小布袋，一般人看來沒什麼特別，但那已十二分地足以讓我閉嘴。

「喔啊喔……嗯咕、嗯咕。我怎麼有辦法瞞著娘離家出走呢？」

那個小布袋，是她母親赫蘿的東西。小得可以輕易握在手裡，赫蘿總是掛在脖子上，裡頭裝了一把麥穀。那是因為赫蘿能寄宿於麥子，受人崇為豐收之神的緣故。

「跟娘談過你的事之後，娘就分一點麥子到這個袋子裡面給我，還要我好好照顧你呢。因為只要有這個，就能在緊要關頭保護你。」

這番話，聽得我天旋地轉。

不是我來保護繆里，而是繆里保護我？

在我腦袋一片混亂時，繆里仍直挺挺地盯著我瞧。

「話說回來，你剛才在講什麼？」

眼神冷得讓人發毛。

「剛、剛才？」

我不是回敬她，只是單純盡可能地裝蒜，結果繆里氣得尾巴毛都倒豎了。

「你不是在房間跟不認識的人說話嗎！」

「妳在偷聽啊……」

「我只是你們講太久，在外面等而已！」

說是這麼說啦，我相信她當時一定是把獸耳貼在門板上。

「不管怎樣啦！總之大哥哥就是想到很遠很遠的國家去當聖職人員嘛！大騙子！」

或許因為有狼的血統，繆里咧出比常人更明顯一點的虎牙，從喉嚨深處發出低吼。尾巴的毛也豎得像使用多年的舊毛刷一樣。

我對溫泉旅館主人羅倫斯與赫蘿說明過此行的目的，而至於繆里，我認為說了她也不會懂，又可能把事情複雜化，所以只告訴她要去有點遠的地方幫忙就回來。

「告訴你啦，你一定是被那個金毛的騙了！」

海蘭就像各種故事中的王家血脈，有一頭醒目的金髮。

不知為何，繆里特別敵視他。可能是對自己摻了銀粉似的奇妙灰髮引以為傲，視他為競爭對手了吧。

「他才沒騙我。海蘭殿下正在計畫一件非常重要的事。」

「才怪，他在騙你。大哥哥人太好了，人家說什麼就傻傻信什麼！」

說我人好的部分，我就當作誇獎，虛心接受了。

「那妳說，他哪裡在騙我？」

我往繆里替我做的麵包再咬一口。繆里現在像顆火球，硬是反駁她只會吵得累死我自己，想說服也是一樣。只能讓她愛怎麼說就怎麼說，等她累到腦袋不清楚再一口氣扳倒。

我就是這樣熬過她這一週來的猛攻。

不過用了那麼多次，她可能也隱約察覺我的戰略，聽我那麼問也只是瞪著我大口啃麵包，怎麼看都是在恢復體力。

「啊咕、哈咕……嗯咕。那個金毛就是在騙你啦，你都不覺得奇怪嗎？人家是一個王國的大人物耶？那種人為什麼偏偏要找大哥哥幫忙？」

我知道自己生來就是自律的人，也對謙虛感到自豪。就這點來看，我是該默默承受繆里的質疑，但我也有不願退讓的部分。

「別看我這樣，來紐希拉度假的那些專家學者或高階聖職人員都很賞識我呢。我啊，可是比妳想像中……」

儘管自賣自誇很難為情，我還是非說不可。

「我就是夠資格受他的託。」

「哈！」

結果，繆里不敢恭維地冷眼看著我哼笑一聲。完全不是從前那個天真地搖著尾巴，大哥哥長大哥哥短的妹妹眼神。

而是對男人要求甚高的舞孃，見到客人三杯下肚就開始大吹大擂時的表情。

「拜託喔，大哥哥，不要以為我什麼都不懂。聖職人員基本上都是很了不起的人，而了不起的人就是要有威嚴、受人尊敬，跟你這種人實在差太多了。」

果然是從沒出過山村的小孩，說話就是那德性。

「唉……妳聽好了，聖經裡有個故事是這樣的。有個受過神諭的預言家回到自己出生的村莊時，預言家的親戚對他說『你怎麼敢說神降下神諭給你，以後不要再招搖撞騙了。我從以前就知道，你只是一個平凡的孩子。』後來，預言家要他的跟隨者們拿個東西貼在眼睛前面看，並告訴他們離得愈近，就愈看不清事物真正的全貌。」

從這個故事，可以感受到聖經真的很深奧。在我如此感慨時，繆里回嘴了。

「也有東西是靠近才看得清楚的呀。」

「……比方說呢？」

我帶著嘆息反問。

只見繆里的眼冷冷一閃。

「海倫姊那些舞孃逗你的時候，你每次都會馬上臉紅啊。」

「咦！」

那句話有如一把冰劍，從意想不到的方向刺來。

「你那個樣子啊，實在是丟臉到家嘍。大哥哥你不是聖經讀得很熟嗎，聖經都沒有教人怎麼和女生相處啊？」

短劍鑽進我的胸膛，一點一點往裡頭挖。

在我羞得喘不過氣時，繆里啃一口剩下的麵包，以挖苦我的表情嚼。

「相比起來，來泡溫泉的叔叔伯伯都很懂怎麼討女生開心，有時候還像是明知會害羞還要那樣做，感覺反而有點帥。那樣才是了不起的人吧？」

那些神學造詣高深的人，在紐希拉泡溫泉時也只是色咪咪地看著半裸舞孃的糟老頭。而這些應該都必須立下禁慾之誓的人，還不曉得究竟有多少「甥姪」，只可惜我無法當面指責他們的不是。

因此我曾偷偷想過，貫徹禁慾之誓的自己或許能得到比他們更高的地位。然而，繆里的評價卻似乎完全相反。

「娘還常常這樣跟爹說喔。」

繆里先咳個兩聲，模仿母親赫蘿的口吻說：

「汝啊，好像自以為全世界的事汝都懂一樣；可是不懂女人啊，就等於不懂半個世界。因為這個世界不是男人就是女人！懂嗎？」

在我胸口痛得頭昏眼花時，繆里斬下了最後一劍。

「你自己說，是不是除了我以外，就連其他女生的手都沒牽過？」

只不過是牽手……我原想反駁，但最先想到的卻是繆里她娘。而赫蘿不只是繆里的母親，我也將她當母親一樣敬重。要是拿牽過赫蘿的手反駁繆里，她恐怕不會笑得滿地打滾，而是憂心忡忡地問我是不是有什麼障礙。

不過，我可不能一味挨打。我以「這樣一個小丫頭才不會懂我要幹的是何等偉業」振奮自己，辯解道：

「沒、沒牽過又怎麼樣，我是認為海蘭殿下，甚至整個溫菲爾王國才是站在正義這邊，才決心下山盡一份力。不懂異性對我反而有幫助呢，禁慾之誓會讓我的信仰更加堅定！」

我不再忍耐，直接擺出「反正妳不會懂這份矜持」的態度。事實上，禁慾之誓一直是種笑柄，幾乎沒有聖職人員會守。

但那又如何。無法為自己的信仰犧牲，又怎會有力量向前進呢？

「所以說啦。」

就在我對繆里開口之際，她將剩下的麵包迅速塞進嘴裡，舔舔手指插嘴說：

「我覺得我有必要陪在身邊看住你。」

「咦……啊？」

「娘也很擔心你喔。說你看起來很懂事，可是對女人特別沒轍，搞不好會被怪女人纏上。要是事情辦完回紐希拉的時候身邊帶了個一臉得意的怪女人回來，我們可就頭痛嘍。」

「……」

「娘怕爹被騙，不能離開紐希拉，所以要我陪你下來，當你的保鑣喔。」

繆里堆起大大的微笑這麼說。

那笑容異常恐怖，想一想，原來是跟她母親赫蘿一模一樣。當赫蘿將羅倫斯這樣在十年前促使北方結構改頭換面的大風波中扮演要角的一流商人當小孩耍時，經常會露出這種笑容。

繆里的尾巴啪嗞啪嗞地搖，彷彿阻擋慌亂獵物的狼。

我緊張地吞吞口水，繆里緊接著向我迅速逼來。

「而且呀，我自己也很擔心大哥哥，這是真的喔？」

我跟她身高差了一個頭以上，站在一起時只到我胸口。

而她就在那裡抬望著我。

即使那具有使我腦中建構的言詞崩潰的魔力，但我仍勉強留在了現實。因為她犯了個愚蠢的錯誤——嘴邊沾了一堆麵包屑和起司渣。

「……先把嘴擦乾淨。」

「咦？啊！」

繆里連忙用袖子擦嘴。瞥眼窺探我時，臉上已是用來掩飾惡作劇失敗的假笑。

「妳怎麼淨學些奇奇怪怪的啊……」

我腦袋重重一垂，繆里挺起腰摸摸我的頭。

「乖喔乖喔。既然娘要我好好照顧你，包在我身上就對了啦。」

「……」

年紀只有我一半，我還聽過她出生時第一道哭聲，替她換過一堆尿布。說冬天會凍傷就鑽進我的被子裡睡，結果半夜尿床嚎啕大哭，害得我得一邊哄她一邊善後的事不曉得發生過多少次。這樣的繆里，不知不覺變成了現在這個丫頭。

她母親赫蘿是使用女性武器的一流高手，該說是有其母必有其女嗎。

好想跟羅倫斯好好聊一聊。

「那麼，我可以跟你一起旅行了吧？」

雖不知她是在「那麼」什麼，不過當她搬出赫蘿作靠山的那一刻，我就注定敗北了。

況且什麼能做什麼不能做，她也不是不懂。

「我當然不會妨礙大哥哥啦。神說的那些東西，我根本就不懂。」

雖然那也是個問題，然而繆里身上有古代精靈的血統，說不定有權輕視根本不曉得是否存在的神。

「不過，我還是會幫粗心的大哥哥把漏看的事實狠狠揪出來喔。」

真想知道她是哪來的自信，繼承了狼這森林霸主血統的人就是會這樣嗎？

「啊，對了，大哥哥。」

「……什麼事？」

我萬般疲憊地問，而繆里扭扭捏捏地指著某一點說：

「那個麵包，你還要吃嗎？」

看著咬了兩口的麵包，我不禁嘆息。

「拿去。」

繆里見到麵包來到面前，儘管才剛吃完一大塊麵包也照樣開心地咬下去。見到她那樣子，一股死了心似的笑意汩汩湧上。

而且，笑了就輸了。

「喔喔啊？」

怎麼啦？嘴巴被麵包塞得圓鼓鼓的繆里問。我摸摸她的頭，往椅子伸手一指。

「坐著吃。」

繆里乖乖聽話，規規矩矩地坐下。

專挑這種時候賣乖實在很詐。真是個鬼靈精。

「神啊，請賜我力量……」

我呼喊著自己永世的伴侶，長嘆一聲。

第二幕

隔天，我天沒亮就醒了。假如適逢月亮出來，應該是月光閃耀，山裡空氣最冷冽的時候。身邊的人常說我很勤勞，不以早起為苦，但我還是會睏。別人看見的一切，或許是我愛面子裝出來的。當我在腦中依序確認溫泉旅館的每日工作時，發現了不太對勁的事。

外頭有人聲，和踏過沙石的腳步聲。

以及陌生的天花板和臥感不同以往的床。

「……啊。」

我想起自己已在旅程當中。

然後在起身之際，又發覺被子裡有另一個人——只有睡覺時安分的繆里。原本明明是分床睡，半夜偷溜進來的吧。

看來睡得那麼熱，就是多了繆里體溫與那條毛茸茸尾巴的緣故。

即使昨晚扯了一大堆，繆里跟我出來旅行的原因八成只是村裡太無聊罷了。不過，雖然在意想不到的部分惹來了她的擔憂，那擔憂本身應是貨真價實。繆里的銀色髮絲沒沾水也沒抹油，卻隨時有種不可思議的溼潤感，手一撩就滑溜溜地流過指縫。赫蘿對自己美麗的尾毛十分自豪，而這頭色彩承自父親羅倫斯的銀髮則似乎是繆里的驕傲。

我摸摸她露出獸耳的頭，獸耳跟著抽動幾下，可是人遲遲沒有起床的樣子。我看搖她肩膀也不會醒，笑笑就下了床。

木窗一開，要讓呼吸也結凍的室外空氣就流進房間，但沒有風，看來也沒有下雪。

昨晚鬧到深夜的廣場，與其彼端的河岸已有人影走動。是準備要參加河邊城鎮的早市吧。

我關上木窗，拿起上衣與聖經下到一樓。屋後的井已經破冰，我便直接汲桶水洗洗臉，壓碎樹枝頭刷刷牙，默讀聖經作每日早課。途中，其他來洗臉的住客都慶幸地在我面前垂首閉目，當作旅途的祝禱就像剛好下了雨就拿桶子來接一樣。我對於商人這種利益至上的直率態度，其實並不感到厭惡。

問題是，讀了比平常更久天也不亮，接下來也沒有該做的事。無事可做的狀況讓人有些不知所措。

浪費時間也不是辦法，最後我跑到河岸邊幫人上下貨，直到天邊發白才回房。

「大哥哥，你也太勤勞了吧……」

好不容易將怎麼搖怎麼拍也叫不醒的繆里挖起來，對鬧脾氣的她說自己做了多少事之後，她回我這樣的話。

她起是起來了，但睡太久的眼睜不太開，窩在床上把尾巴當懷爐抱，打了個大呵欠。

「和我旅行就是要天天這樣，想放棄了嗎？」

繆里的耳朵立刻豎起來，急忙睜大眼睛。

「很、很壞耶你！」

「我才不壞。好了，耳朵尾巴收起來，臉洗一洗。不快點準備好，我就把妳丟在這裡。」

「討厭啦！」

繆里鼓起臉頰和尾巴，從肩背包中掏出手帕等清潔用品。仔細一看，她竟然有兩把梳子和三把毛刷，真不曉得用處有哪裡不同。當我思考這個更甚於神學中任何問題的難題時，繆里停在房門邊說出奇怪的話。

「那我去浴池弄一下頭髮喔。」

還來不及轉身，門已經關上了。

沒多久，她就衝了回來。

「大、大哥哥，熱、熱水呢？」

「熱水？」

「這、這裡只有井，還、還可以看到冰在水上漂……沒熱水不就不能洗頭了嗎！」

我就像個聽了深長訴願的聖職人員般，對哭喪著臉的繆里抬高下巴，隨後深表同意般徐徐頷首。

紐希拉一年到頭都有用不完的燙人熱水可以揮霍，而繆里就是在那樣的環境下出生長大。常有故事描述貴族少女首度離家後才曉得自己過得多優渥，但我沒想到會有目睹的一天。

若說我沒有半點逗弄她的念頭，就是在騙人了。

「哪有什麼熱水，這裡又不是紐希拉。」

「咦，啊……」

「受不了嗎？那就不要跟我──」

「我不放棄！我絕對不會放棄！」

繆里這麼說完就咚咚咚地大步踏過走廊。

不過好歹，她還有不輕易氣餒的優點。

舞孃海倫教她的護髮術，是一早就要洗頭，用梳子稍作整理後再用馬鬃做的長毛刷、短刷和豬毛刷仔細梳整，可是刷那麼久不會反而傷頭髮嗎？無論如何，在這種冷天中用冷水洗頭簡直是自殘行為。

回房時，她凍得嘴唇發紫，抖個不停。

「……真是的。」

我脫下風衣，給繆里披上。

「話說，妳在外面淨身的時候，有一封信送到了。」

為了保養頭髮，水再冰也要洗頭的毅力使我帶著若干敬意使用「淨身」一詞。不過那當然也是挖苦，讓她怨恨地死瞪著我。

「有有……有信……哈啾！吸吸……有、有信？」

「好像是從紐希拉專程找船送過來的。」

只是昨晚來不及，先在上游一點的稅關過夜，天剛亮就趕來。而且付了相當高的運費，船夫還以為是貴族的重要密文。

「是羅倫斯先生……和赫蘿小姐寄的。」

我打開信封看看內容，不禁苦笑。在明顯過大而鬆垮垮的風衣中縮成一團的繆里見狀，小貓似的歪起頭。信交給她之後，她露出難以言喻的笑容。不枉我費了一番苦心教導，繆里的讀寫能力總算是到達了一定水準。

看得出來這封信寫得很急，有不少字拼錯。羅倫斯詢問繆里是否安好，並寫到會儘快來接她，可是那部分被狠狠地畫了一個大叉。

而餘白處有一段字跡特別的字是這麼寫的——

「大、哥哥就、拜託、妳了……哈噗咻！」

「『繆里就拜託你了』才對吧？」

我唏噓地反駁後，吸著鼻子且顫得牙齒喀喀響的繆里還回了信。

「我還期待他們來接妳或阻止妳呢。」

羅倫斯這老闆的意思被赫蘿硬生生打了回票。這個家以後會發展成女性主導的家族吧。

「可愛的孩子，就是要讓……嗚咻！」

我轉頭往繆里一看，她吸吸鼻涕後咧開嘴，露出虎牙嘻嘻笑。

「我看是傻孩子吧才對吧。」

繆里才想回嘴，馬上又打了個大噴嚏。

爾後，我拿昨晚剩下的食物解決早餐，給羅倫斯寫封回信交給旅舍老闆，收拾妥當就來到岸邊。繆里用那裡的火堆烘乾頭髮，經過的船夫們還笑她是不是摔進井裡。

經過一番詢問，我順利找到願意載我們到阿蒂夫的船。船夫只是臨時賺點外快，船上堆滿準備拿到沿途城鎮賣的柴薪或雞鴨，沒多少空隙給人坐，搭起來肯定與愉快一詞相去甚遠。

儘管如此，太陽升起後身體一樣會暖。繆里原先還在一旁，像隻整理羽毛的小鳥忙著梳頭，現在也膩得躺了下來，十分悠哉。

溫泉旅館那邊，現在應該正在忙了吧。我可以身歷其境地想像。離開十多年來日復一日的生活，就是這麼回事吧。雖然我哄繆里時口頭承諾過以後會回旅館，不過留下定居的可能其實非常高，羅倫斯和赫蘿也是在心裡有數的情況下送我離開的。能遇見這麼多好人，使我心中滿懷感激。

無論是站是臥，船都會不斷往下游走。流速漸緩，河面漸寬。多了不速之客的旅程無驚無險地結束，第三天亦同。

順道一提，繆里第三天一早想洗頭時已有進步，知道先借旅舍廚房燒水了，但是被柴和木炭也要錢買嚇了一跳。她應該從來沒有為熱水付錢的想法吧。

到最後，她還是用飄著冰塊的井水洗頭了。不過這次在姿勢上多下了點功夫，沒抖得像上次那麼厲害，讓我有點期待下次會有何改變。

不久，河岸的草地開始比石頭多，和緩的平原一直延續到遠處依稀可見的山，看來是進入多蘭平原了。即使是勾人睡意的無趣景色，看在深山長大的繆里眼裡仍新鮮得不得了。興致勃勃地觀景之餘，不時會對河邊街道的旅人揮手。

揮著揮著，建於高丘上的阿蒂夫鎮以及著名的阿蒂夫稅關，總算出現在那平淡景色的另一頭。

「……！……！……！」

我費了好大的勁才拉住繆里，不讓她在船上猛然站起，心裡也為她耳朵尾巴是否跑出來而憂心忡忡。這個興奮得叫不出聲的孩子抓得我手好痛，設法讓她自然鬆手也很累人。

「大哥哥！這個城！好大！河！真的！鎖鏈！」

看來她興奮到連話都忘記怎麼說了。

不過船夫所說的吊掛於河上的巨大鎖鏈，比我想像中更加震撼，我也看得目瞪口呆。那不是一般人用來捆金庫的鎖鏈，每一個環都大到繆里的手可以穿過去。這些大環一個串起一個，吊掛在我們頭頂。

「船、船夫大哥！那真的不會掉下來嗎？」

繆里稍微鎮靜下來後這麼問，而鼻下留了撮鬍子的斜肩船夫臉上不帶一絲笑意地回答：

「一年會放下來一次，船要是被砸中就沉了。今年還沒放下來過，感覺愈來愈危險了。你們會游泳嗎？」

繆里青起臉抓在我身上，抬頭看鎖鏈。

「不要鬧她嘛，她真的會信。」

「咦！」

船夫對驚訝的繆里笑道：

「妳看，鎖環上是不是有很多候鳥築巢的痕跡啊？」

伸手出去時，鎖鏈正好經過頭頂。繆里頭抬到最高，嘴也張到最大。

「要是每年都會放下來讓水沖，就不會有那麼多痕跡了。」

「鎖是不會掉下來啦，不過鳥大便就常有了。仰著頭張著嘴很危險喔。」

船夫的忠告使繆里急忙閉嘴。

隨後，我們的船與其他許多船隻成群結隊地往碼頭前進。由於靠港的船很多所以需要排隊。只見每艘船都在卸貨，然後再將小山一樣高的鯡魚乾和醃飛魚搬上船。等我們的船終於停靠棧橋時，繆里看著高堆的魚不禁沒勁地說：

「幸好不是跟魚一起坐船，我再也不想看到醃魚了。」

鯡魚是到處都有的低價食品。在冬季，牠會天天出現在從沿海到深山每戶人家的餐桌上，讓人哀號不斷。每年冬天成為我們養分的鯡魚，說不定都是在這裡上岸的。

「是啊，現在就已經夠臭的了……」

有一半狼血的繆里嗅覺靈敏，或許特別難受。就連我這個普通人，都能清楚聞到港邊隨處堆積的木桶散發的陣陣魚腥了。

不過，我的想法也只停留在「好像很好吃」而已。

「今晚就吃鹽烤魚吧。和醃的完全不一樣，很好吃喔。」

「咦……我想吃紅肉……」

繆里對這段旅途的餐點總是像這樣囉唆個沒完，可是鑽過棧橋人潮下到港邊後，她突然不說話了。

「妳怎麼啦？」

轉頭一看，發現她張大嘴望著天空。視線彼端，是停滿海鳥的石造要塞。這就是只認識紐希拉的繆里，有生以來頭一次見到的其他城鎮。

「繆里，站在這邊會擋到路喔。」

我拉了她的手，她才終於移動，接著又被其他東西奪去目光。

「大哥哥你看，那個人帶著好多狗喔！」

手指之處，有一群狗跟著搬木桶的工人慢慢前進。

「那該不會是牧狗人吧？」

「牧狗人？」

「不是有很多人在養山羊或綿羊嗎？」

同理而論，養了很多狗的人也可能存在。

「我對牧狗人不太了解，不過那個木桶裡應是醃鯡魚之類的吧。狗就是在等鹽漉出來。」

「是喔～」

海鳥在讚嘆的繆里頭上嘈雜盤旋，高堆的木箱頂有貓蜷成一團。港口的每種喧囂對繆里來說都是那麼地稀奇，每走一步就「那是什麼？這是什麼？」地問，一刻也不得閒。而每當我說明時，她總會兩眼閃閃發亮、興致勃勃地聽。雖然她最近變得任性很多，那模樣仍讓我想起以前那個乖巧可愛的繆里。

問題是，這樣不斷回答下來，我們幾乎沒在前進，進城前還有東西要準備呢。首先得找個兌換商換取零錢，以便在鎮上購物。當我找個機會，想硬拉她的手往前進時，我回頭抓繆里而沒有看路，不小心撞上了人。

「啊，對不起。」

我趕緊道歉，對方是個纏著頭巾的年輕姑娘。個子相對地高，豪氣地高捲的袖子底下是雙細長的手。看她穿著圍裙，應該是某間船宿的人吧。眼睛與因濕鹹海風褪色的頭髮同樣是紅褐色，非常美麗。

少女一和我對上眼就瞇眼而笑，緊接著突然挽著我的手。

「沒什麼好道歉的，我最歡迎像哥哥這樣英俊的人了。」

「咦？」

「你正在旅行吧？第一次來阿蒂夫？今晚決定住哪了嗎？在這種地方閒晃，小心被拉進黑店喔？」

「呃、咦？那個——」

我支支吾吾不僅是因為她拋出一堆問題，主要是因為她的胸部緊緊貼在我的手臂上。那是在有魚有肉的港口熱鬧氣氛中發育成長，很有彈性的豐滿胸部。

「我們的旅館很乾淨，有剛進貨的葡萄酒，床也是用上好的亞麻布鋪成的，沒有蝨子跳蚤，還有很多女孩子隨便你挑喔。別擔心，我們那也很歡迎像您這樣的主教喔，每個女孩子都是虔誠的羔羊，神一定會寬恕你的啦。真的怕的話就先結婚，過了一晚再離婚就好了呀。」

「這、這個嘛，我……」

一聽就知道那是可以付錢找女人陪睡的店。在這個充滿著個性以狂放出名的水手，與貿易商、富豪聚集的港都，當然會有那樣的旅舍。少女更把胸部往我手上擠，要在我耳畔說話般湊近了臉。不知衣服薰了什麼香，有種剛出爐麵包似的香甜氣息撲鼻而來，讓我怎麼樣都無法直視這個拉客的少女。

「呵呵，臉紅了耶，好可愛喔。這位小哥，你從哪來的呀？坐船從南邊來的嗎？在房間跟我聊聊旅途上的事嘛。」

少女這麼說完，拉著我的手就向前走。慢著，我不是主教，也預定住其他旅舍了。這些話悽慘地在我腦中空轉，說不出口。

當我好不容易踩住腳時，換另一條手被拉了。

「好了小哥，我們的旅舍在這邊……呃，哎喲？」

逮到的羊不肯走，讓少女疑惑地回頭。

「搞什麼，有伴啦？」

轉頭一看，是繆里挽著我另一條手，並目光猙獰地瞪著少女。

「話說，我從來沒見過妳呢。混哪裡的？」

少女拉客用的營業笑臉也霎時凶狠起來。她恐怕以為繆里是同業，才問她「混哪裡」吧。那身服裝的確不像純樸的烘焙坊小妹。

「不、不是的，這位是我老闆的女兒，有事出來和我一起旅行。」

於是我趕在事情變複雜前這麼說。少女仔細端詳了我和繆里三輪，終於放開我的手。

「這位小哥，你身上硫磺味這麼濃，是在紐希拉剛逍遙完要回去了吧，對不對？」

少女了然於胸般點起頭。她果然是誤會了，不過我也懶得訂正。

「那個，住店就算了。可以幫我換個錢嗎？」

「換錢？」

「既然是坐船下來，身上總該有些碎銅幣吧？」

拉客的少女這話讓我有點驚訝。

「我現在找不了零錢，很頭痛呢。當然，我會給你一點好處，不會讓你白換的啦。例如親臉頰還是躺大腿什麼的……」

繆里見她又貼上了我，真的低吼了起來。

「開玩笑的啦。總之，能幫我換錢嗎，一點點就好？我是真的在傷腦筋呢。」

那八成是想用較差的匯率，向人生地不熟的旅客拐幾個小錢吧。

「對不起，我們也是正要去找兌換商。」

聽我這麼說，少女毫不戀棧地放手了。

「這樣啊。那麼，最好不要在城牆外面換喔。沒擺攤的都是地下錢莊，會在手續費上狠狠敲一筆。像小哥你這樣的老實人，最好小心點……不過呢，既然有個小保鑣在就沒問題了吧。」

少女悠然一笑，對繆里搖搖手就轉身離去。她對我不再感興趣般四處張望，馬上找到另一個路過的年輕男性自己撞上去。那青年像是鄰近農村的莊稼漢，樣貌善良勤奮。

接下來的過程和剛才一樣，青年隨即道歉，少女把胸部貼上去，嘴附到他耳邊。換成第三者角度，能明顯看出那純樸青年羞得全身都僵了。

少女做的雖然不是值得鼓勵的事，但我仍為她堅韌的商魂所折服。

「受不了你耶。」

這時，身旁響起尖酸冰冷的聲音。

「大哥哥真的不能沒有我。」

回頭見到的，是繆里不敢置信的臉。再往青年看，少女全然不管他咿咿唔唔地說了什麼，就這麼緊緊揪住手把他給拖走了。弱肉強食，是這社會的鐵則。

「而且還一副樂在心裡的樣子。」

「我、我才沒有樂在心裡。」

我趕緊辯駁，而繆里依然用輕蔑目光瞪著我，哼了一聲。

「那種女人只是稍微大一點而已嘛。」

「咦？」

繆里退開身體，不再挽著我的手，改用牽的。她的手很小，身高、肩寬、腰圍等所有地方也都是那麼嬌小。她不繼續緊貼著我的手，是覺得假如我拿她跟少女作比較是種屈辱吧。我當然是裝蒜，沒說出口。

相反地，我這麼說：

「話說回來，幸好有妳在。我必須向妳道謝。」

繆里皺著眉抬望我一會兒後，像翻書一樣變成笑臉。

繼續愣在這裡，恐怕又會被找獵物的人盯上，我倆便快步離開。繆里似乎已經賞夠了港灣景緻，問道：

「對了大哥哥，所以你來鎮上是要做什麼呀？在路口傳道嗎？」

「並不是。基本上是來幫海蘭殿下的忙。」

「那個萬民什麼來著的？」

看來她真的有偷聽，但現在也沒必要瞞她了。

「《萬民神典》。」

「那是什麼東西？」

「我們計畫製作聖經的俗文譯本。」

「喔，這樣啊。」

話雖這麼說，繆里就是一副有聽沒有懂的臉。

被我白一眼之後，她嘻嘻嘻地傻笑。

「聖經是用教會文字寫成的。在古代，能記錄預言家說的話原本是一件好事，可是隨著教會遍及世界各地，看不懂原典的聖職人員也愈來愈多。這時，所謂神賜給人的語言——教會文字就誕生了。」

「哼~古代是多久以前啊，比娘小時候還久嗎？」

我不禁左右查看，隨即想到不會有人認真聽而放鬆。

「我也不曉得，說不定就是那麼久吧。」

「是喔~」

繆里讚嘆起奇怪的部分。見話題偏了，我清咳一聲回到正題。

「總之，聖經就是用那個教會文字寫成的，可是那不是普通人用的語言。就連所謂俗文這種普通人用的語言，也不是每個人都會讀寫。」

或許是想起自己被麻繩硬綁在椅子上讀書的時候吧，繆里露出不悅表情。

「因為這個緣故，只有一小部分的人看得懂聖經。不過普通人只要到教堂去，聖職人員就會幫忙講解聖經上的教誨，所以這個狀況一直持續著。然而這樣實在不太好，聖經不應該只有教會的聖職人員看得懂，讓他們單方面解釋神的教誨是如何正義；要讓所有人都能直接閱讀，自己去判斷怎麼樣是正確的才對。我們就是在計畫這件事。」

「所以要做《萬民神典》？」

「對，這名字取得很棒吧？」

繆里美麗的雙眸盯了我一會兒，然後說：

「大哥哥都當我是小孩，可是自己更像小孩呢。」

「啊？」

她沒回答，只是意有所指地賊笑。

不管她怎麼想，製作《萬民神典》的確是一個會讓人興奮地鼻孔放大，充滿冒險與挑戰的計畫。

「也就是說，大哥哥要作一本書嘍？」

「大體是這樣沒錯。」

不過，製作聖經譯本說起來容易，做起來應該是困難重重。聖經充滿寓意不清的故事和比喻，每個知名神學家都有自己的一套見解，而且字裡行間充斥許多艱澀的特殊字詞，翻譯起來肯定十分棘手。

且就現實面而言，我也明白這不是只靠赤誠的信仰就做得下去的事。這純粹是與教宗陷入長期對立的溫菲爾王國，藉以主張錯在教宗而破壞其勢力根基的作戰計畫。畢竟手持聖典呼籲節制的主教背後，大多是具有高大鐘樓的莊嚴教堂，任誰都看得出他們說一套做一套。但由於百姓看不懂聖經，難以或根本無法指責他們哪裡有錯。

可以想見，這計畫當然會遭到教會方的強烈反對。他們應該會想藉由禁止聖經翻譯成俗文本，限制能接觸聖經的人數，讓無知民眾繼續保持無知。《萬民神典》計畫將會是教會的眼中釘、肉中刺。

另外，溫菲爾王國也是基於具迫切性的實務目的才會採取如此非常手段。目前國內所有教會皆因教宗之命緊閉大門，人民無法自力進行新生兒洗禮、見證婚禮及下葬前的祝禱。

海蘭能想到這《萬民神典》計畫，只能說他實在是慧眼獨具。德堡商行會決定與王國聯手，多半是海蘭的聰明所致。

只不過，那其實也是一群走投無路的人所想出的苦肉計。禁行聖事是種可怕的手段。當自己重視的人臨終前想祈求天國為他開一扇門，聖職人員卻不理不睬；婚禮這麼一個關乎往後幸福的人生大事，卻得不到神的祝福。再說婚禮儀式需由教會主持，人民想辦正式婚禮都辦不了。而教宗居然只為了稅金而扼殺了這一切，他究竟把人的一生當成什麼了？神的愛應該是無償的奉獻，神的教誨不該是徵稅的工具啊。

無論怎麼想，我都認為錯在教宗，他的作為毫無正義可言。假如認同了這樣的蠻橫之舉，那麼使我們判別善惡對錯的根基——神本身的權威，都會遭到質疑。

如此自問自答在我腦中轉了一陣子之後，繆里拉了拉我的袖子。

「大哥哥？」

「你表情好恐怖喔。」

「……我在想事情。怎麼了？」

「港口快走完了耶？我們要去哪裡？那條坡上的城？」

港邊發展得比一般城鎮更為繁榮，到處是大型建築，例如兼作倉庫用的商行或船宿。再往深處走也都是樓房，後街恐怕滿滿都是剛剛那種少女在拉客的不純店家吧。少女說得沒錯，有幾個人連蓆子都沒擺，站在路邊就做起兌幣生意。周圍還有鐵舖和木工坊，看來這個港也儼然是一座城鎮。

不過，沿鋪出港區的石地往山丘上望去，能看見一道城牆，即使隔了這麼遠也能看出城牆相當高大。牆邊到處架了鷹架，似乎正在擴建。

德堡商行的會館也應該在那裡才對。

「到鎮上去吧。」

「好耶！」

「好什麼？」

我疑惑地往繆里一看，她跟著轉向一邊去，但我知道她在打什麼主意。

「不可以買零嘴喔。」

「咦……人家才剛把你從毒牙底下救出來耶。」

「那、那個……我自己也甩得掉她。」

我咳個兩聲，繆里不屑地聳聳肩。

「要知道，我們的盤纏並不是用不完的。」

「我可以在酒館跳舞賺錢喔？」

被我一瞪，繆里縮起脖子後退一步。就是因為她真的能靠跳舞賺錢，我才頭痛。

「奢侈是我們的畢生大敵。」

「我倒覺得節制才是享受人生的敵人。」

這次她不怕我瞪，給我一張大笑臉。

從港口通往城鎮的整條路邊，早已排滿攤商。

如同神賜與預言家的考驗之路，每一步都充滿了惡魔的誘惑。

神啊，請保佑我。

我打起精神，複誦禁慾之誓。

雖然紐希拉也是個熱鬧的聚落，但阿蒂夫熱鬧的程度完全不同。

熱鬧到每個人都在大聲叫嚷，全力奔跑。

「喂，讓開讓開！」

「誰在這裡堆的木箱啊！」

「買鯡魚喔！鯡魚！沒醃過的生鮮鯡魚喔！」

「這位小哥！買把短劍在旅途上防身怎麼樣！這把不錯，連牛都能宰得輕輕鬆鬆喔！」

自以為知道外面世界是圓是方的我，此刻深切感受到那全是十年前的陳年舊事。這裡吵得我都暈了。

「繆里，妳還好嗎？」

人群多到快把我擠扁，釀出濃濃的熱氣，且混雜魚腥味、在路邊屠宰的豬羊血腥味，以及油炸味和炭火的煙味。

我回頭問問狀況，只見繆里剛把手上那串炸鰻魚吃完。

「唔咦？」

她跟著翩然轉圈，輕巧避開滿載雞籠的貨車，並順手往路過的狗頭上摸一把。沒一會兒功夫，

她已習慣了城市的熙攘。

「哇！我再來想吃那個！」

繆里指的店家，門口擺了一排排塞滿肉的派。

「……妳已經吃了河口捕的炸鰻魚、豬血腸、滷牛肚，還有什麼？」

「鹽酥小螃蟹真的很香很好吃耶，鹽烤生鯡魚也比我想像中的好吃。真的不能小看鯡魚呢。」

我真為拗不過繆里的自己感到丟臉。

「貪食可是七宗罪之一啊。再說，妳曉不曉得自己吃掉了多少錢？從紐希拉帶來的零錢已經全部用光了耶……」

這時期似乎到處都缺零錢用，拿大面額銀幣給攤販找時，他直接擺一張遇上瘟神的臉給我看。拉客的少女想找我換零錢，或許不是想賺點外快，而是真的缺零錢用。

「用銀幣買東西就好啦。一次買一大堆不就不用找了嗎？」

「繆里！」

被我一罵，繆里就手插耳朵轉一邊去。

「是怎樣，爹不是給你很多錢當餞別禮嗎，還這麼小氣做什麼？如果貪吃是罪，吝嗇就不是嗎？」

「唔……」

她看起來把我講的經都當作耳邊風，事實上卻記得很清楚，很難應付。儘管吝嗇不在暴怒、貪食、色慾、貪婪、嫉妒、驕傲、懶惰等七大罪之列，一樣是很重的罪。

「……這不是吝嗇，是節制。」

「哪裡不一樣？」

她不是真的不懂，而是明知我難以招架才問的。要是耳朵和尾巴都露在外頭，一定是開心地搖來搖去。

立志成為聖職人員的人無法解釋這種問題實在可恥，只好使出殺手鐧了。

「不行就是不行。」

繆里「噗～」地彈著唇轉向一邊去，不過大概是覺得鬧夠了，沒有繼續爭辯。

我看機不可失，便說：

「還有，我覺得妳還是換一套衣服比較好。」

「咦？」

繆里似乎並非無故沉默，只是在物色明天要拗什麼來吃。聽我突然這麼說，她有點錯愕。

「為什麼，不可愛嗎？」

還露出頗為受傷的表情。

「……不是可不可愛的問題。」

「討厭，嚇我一跳。所以就是可愛吧？那就好。」

她開心地嘿嘿笑的樣子，差點就讓我著了她的道。

「或許是很好看沒錯。」

我換個方向出發，總算把話接了下去。

「可是穿那樣真的很引人注意。要跟我旅行就穿別的吧，我再另外買衣服給妳穿。」

雖然繆里很愛頂嘴，但我嚴肅說話的時候還是會乖乖地聽。

於是她看了看自己的打扮，歪起頭說：

「既然大哥哥都那樣說了，那我就換吧……可是為什麼？大家都說很好看呀？」

「問題就出在那裡。」

正如同先前導致拉客少女誤解那樣，繆里每次向攤販買點心時，他們看我的眼神都令人很難為情。在他們看來，我只是帶著一個年輕得甚至能說幼小，經過精心打扮的少女到處走來走去買東西吃。若是衣著華麗的年輕貴族就算了，我請羅倫斯準備的旅裝，穿起來怎麼看都是個長途旅行當中的聖職人員，觀感肯定不好。

我盡量簡明且委婉地如此解釋後，繆里儘管一臉無趣，但似乎還是接受了。

「我是不怕人家怎麼想啦……可是害大哥哥很難受就不好了。」

繆里嘆口氣說：

「那我要穿怎樣才行？」

「女性長途旅行的時候，大致上有兩種服裝。一種是修女服，一種是男裝。」

「修女服就是娘偶爾會穿的那個吧。有輕飄飄的長裙，全身都包滿布的那個。」

「以前旅行的時候，赫蘿小姐也會穿修女服，很好看喔。」

「那我穿起來也會很好看吧。」

已在世數百年的狼之化身赫蘿從以前就是少女的樣貌，毫無改變。而繆里長到那個年紀，也和母親一模一樣。

「怎麼說呢，赫蘿小姐和妳不一樣，有優雅跟威嚴的感覺。」

「是怎樣！」

差就差在妳現在這種反應。這句話，我就只留在心中了。

「我不喜歡不好活動的衣服，而且……也不想跟娘比。」

看來她也有女性特有的愛美天性與自尊。

「那我請德堡商行的人幫妳準備一套小伙計的衣服好了。」

我只能苦笑。繆里有來自母親的端正面容，一定很適合男裝。

而且女扮男裝遠遠不及男扮女裝那麼容易看破。

「好，我們走吧。」

「好～」

阿蒂夫鎮位在這條東西向河川的南側丘陵上。丘陵最高處闢了一座廣場，場邊有教會或官廳等重要設施，那也是南方的典型都市結構。可能是由於貿易繁盛，政商高幹大多是南方人的關係吧。

據攤販所言，德堡商行不愧是北方第一商行，會館就位在橫亙廣場的中央大道邊。熟門熟路的人或許會走人少的巷道，不過我們是頭一次來，便選擇沿大道到廣場逛逛。而且，路上應該會有兌換商。

「哇……」

繆里抬高了頭，目瞪口呆地低聲驚嘆的對象，是一座雄偉的大教堂。

應該是石造建築本身就很稀有的緣故吧，在港邊見到石砌要塞時，她也是如此震撼。紐希拉的房子最高也只有三層樓，且全是木造。這座教堂少說有五層樓，鐘塔擎天矗立，令人嘆為觀止。

「大哥哥……這真的是用石頭一塊一塊堆起來的嗎？」

「是啊。雖然蓋起來非常費力，可是願意花費愈多苦心，也就表示信仰愈深。把沉重的石頭鑿出來拿來蓋教堂，是一件很光榮的事。妳可以到牆邊找找看，石塊上會有捐獻者刻的署名喔。」

「是喔～」

「要在這參觀一下嗎？我先去補充某人用光的零錢。」

仰望教堂的繆里緩緩降下視線，堆出滿臉笑容。

「要換多一點喔？」

還一點也不慚愧地這麼說。

「開玩笑的啦。要是大哥哥迷路就糟了，我陪你去。」

「……」

身旁的繆里一副玩得很開心的樣子。對那無拘無束的模樣，我的無奈已跨越嘆息的境界，甚至變成乾笑。也可說是「只能笑了」。

接下來，我們前往圍繞廣場中心的聖母像擺攤的兌換商圈。看來不只是旅人，鎮上居民也會來這裡購物，人潮絡繹不絕，兌換商們都擺著一張苦瓜臉在天平放砝碼和貨幣。其中正好有一攤客人剛走完，我便上前開口。

「您好，我要換點零錢。」

「好，要換什麼錢多少？」

老闆沒有任何寒暄，單刀直入地說。我急忙取出錢包。取出一枚白晃晃的銀幣。

「這個全換成迪普銅幣。」

「太陽銀幣是吧，能換三十枚迪普銅幣。」

「咦！」

我錯愕得不禁叫出聲。迪普銅幣是流通於這一帶的低面額貨幣，一枚頂多只能買一片麵包或一杯啤酒；而有太陽浮雕的銀幣則是此地最有力的貨幣，遠地貿易亦可通用。一枚可抵四口家庭一星期的伙食費還有找，在安息日還能買點像樣的大餐。

出發前，我向溫泉旅館老闆羅倫斯打聽過主要貨幣匯率，當時他說一枚太陽銀幣至少可換四十枚迪普銅幣，走運還能換到五十枚呢。

原以為兌換商看我是旅人想誆我，但他在我開口之前先攤開了手邊的羊皮紙，誦出內容。

「市政參議會公告：鑑於近期零錢嚴重匱乏，本議院於此公定太陽銀幣與迪普銅幣之匯率為一比三十，即日生效。」

看來他已經被旅人抱怨習慣了。

「景氣好是很好沒錯，可是那也讓貨幣不夠換了。其他城鎮也都是這樣。」

兌換商捲起羊皮紙，收到天平台底下。

「你看，這個鎮不是有間那麼大的教堂嗎，每個人的零錢都被吸進那裡的捐獻箱了。」

他頭也不回地用拇指指向背後的教堂。

「平常拿了那麼多稅還屯那麼多零錢，不曉得要用來幹什麼……小哥，你是出來遊歷的聖職人員嗎？」

兌換商的表情沒有他的話那麼委屈，歪唇淺笑著。

「所以你換是不換？」

「啊……那好吧，麻煩你了。」

「謝謝惠顧。」

他收下我的銀幣並檢查正反面，用銀砝碼在天平秤重後才終於交出一疊銅幣，整整三十枚。

拉客少女是真的在為零錢發愁吧，也難怪攤販找錢的表情會那麼難看。

照這情況看來，繆里的零嘴每一口都很貴重。

「小哥也幫我勸個兩句吧，至少別把捐獻箱的零錢堆在那裡不管。現在的教會整天都是錢錢錢，真希望溫菲爾王國多加點油啊。」

只能苦笑的我將銅幣收進錢包，告別兌換商。

他對教會的批評，尤其是對溫菲爾王國的期許，讓我心跳加速。像這樣不時聽聞鎮民的怨言，總能讓我對自己的使命更加堅定。

壓迫人民生活的人算什麼靈魂的救贖者？

「大哥哥，再來去哪？」

我鼓起力氣回答：

「德堡商行。」

必須儘快和海蘭殿下會合。

在使命感的驅動下，我牽起不太懂我是怎麼了的繆里，踏上中央大道。

從延伸自廣場的大道往南走一段後，我們來到路旁有一整排相似建築的區域。一樓是卸貨場，二到三樓牆上高掛著大面旗幟，它們都是主導這城鎮經濟命脈的商行會館。沒多久，我們就找到了熟悉的德堡商行旗幟與招牌。

「咦……我好像在哪裡看過那個圖案耶。」

繆里稍歪起頭問。

「剛剛換掉的銀幣上就有。」

「啊！」

德堡商行不僅是商行，還獨立發行了成為德堡銀幣的高面額貨幣，幣面有太陽浮雕，俗稱太陽銀幣。

「那是多虧有妳父母大力相助才得以發行的貨幣。」

據說那場風波，為旅行商人與狼之化身的冒險畫下了轟轟烈烈的句點。我是非常欽佩他們，不過他們的女兒繆里似乎沒什麼感覺。

德堡商行會館門面廣闊，正對大道。一樓是卸貨場，許多背上貨物比自己還大的商人和堆得像小山的載貨馬車不斷進出。

有個乞丐樣的人蜷縮在卸貨場角落。行乞之餘，可能也會順便監視有無宵小趁場面忙亂順手牽羊吧。鎮上不只有竊賊，還有很多野貓野狗，以及不知從哪家跑來被放養的雞豬到處找東西吃。

我在作流浪學生時也做過類似的事，有點懷念。

「喂喂喂，少站在那邊擋路！想募款就到別間去！」

全身皮膚冒著熱氣的搬運工當我們是貓狗似的過來趕人。

繆里急忙躲到我背後去。

「不是的，能請您替我通報會館主人一聲嗎？」

「啊？」

「我叫托特．寇爾，麻煩您告訴他，我是原本要去雷諾斯而臨時改到這裡來的人，這樣就行了。」

「嗯？」

搬運工懷疑地朝我瞧了兩眼，聳聳寬厚的肩就進屋裡去。

不一會兒，他回來說：

「老闆請你進去。搞什麼，你是那位大人的隨從嗎？」

看來海蘭殿下是真的到了。

我向搬運工道謝，往卸貨場後頭走。

屋裡有各種堆積如山的商品，架高處有個大到可以鋪上毛毯當床睡的帳本台。那張大桌如今也堆滿了貨幣和羊皮紙，有個人幾乎是埋在裡頭振筆疾書。他背後牆上掛了面大畫布，畫中的天使比人還高，以安詳眼神注視商人們的一舉一動。

如此堂皇巨繪立刻就奪去了繆里的目光，不過她不是深受感動或震懾，而是不解地歪著頭看。

「天使也會數錢啊。不過劍是用來幹麼的，叫人快去工作不然砍你嗎？」

天使右手持劍，左手拿天平。繆里的想法令人不禁發笑。

「劍代表正義，天平代表公正。不過……妳會有那種聯想也滿正常的就是了。」

更何況，現在這裡的每個人都像背後有人催趕般忙得焦頭爛額，簡直像進了火舌亂竄的暖爐。原以為在紐希拉溫泉旅館工作就已經忙到獨樹一格了，沒想到跟這裡比起來還算不上什麼。原來世界推進的速度就是這麼快。

有種在深山生活十年而沾染一身的泉垢漸漸剝落的感覺。

「啊，您是寇爾先生嗎？」

更往到處都擠滿了人的會館裡頭走時，有個身穿華服的商人喊住我們。不知以何染成的綠色上衣穿在他身上宛如貴族，顯示他多半是個只做大買賣的商人。整齊的長山羊鬍尾端像牛角那麼尖，也許是每天起床梳洗時都會用蛋白固定吧。

「我就是托特・寇爾。接到消息之後就馬上趕過來了。」

「總店的大掌櫃要我好好招待您。我是本會館的負責人史帝芬。」

握手致意後，年紀應比我大兩輪的史帝芬理所當然地往繆里看。

「這位小姐是……？」

「你好，因為某些緣故，我要和大哥哥一起旅行。我叫繆里。」

繆里也笑嘻嘻地作起自我介紹。由於她答得也是那麼理所當然，史帝芬沒多問就接受了繆里的說詞。

「房間已經準備好了，需要另一間嗎？」

「不必麻煩。真不好意思，勞您費心了……」

「哪裡的話。上面交待要好好款待您，這是應該的事。」

衣著氣派的史帝芬向我敬最高級的禮，讓一旁的繆里驚訝得瞪圓了眼。但其實羅倫斯和赫蘿才是德堡商行的大恩人，我只是沾了點光而已。

「海蘭殿下到了嗎？」

「是的，殿下的船前兩天就到了，現在剛從商人公會的會議上回來——」

好巧不巧，說人人到。

通往卸貨區更深處的走廊傳來大批腳步聲，周圍人群緊接著有如大海兩分般左右退開，一名身分高貴，領著數名隨從的人從中現身。能一眼就看出他身分高貴，是由於衣著格調明顯精緻，以及其氣質的緣故。又或許是顯示其王家血脈，男性也會多看一眼的俊美臉龐與醒目金髮所致。溫菲爾王國會有黃金羊傳說留世，或許不是沒有原因。

他就是海蘭殿下本人。

「恭迎海蘭殿下。」

史帝芬深深鞠躬敬禮，海蘭攤掌請他平身。

轉向我時，臉上則是重逢故友般的笑容。

我急忙模仿史帝芬行禮。

「海蘭殿下別來無恙，草民深感欣喜。」

「寇爾博士也都沒變呢。」

比我年輕幾歲的海蘭刻意以他獨特的沙啞嗓音稱我為博士。博士是需經教會頒授的頭銜，權威極高，甚至有「博士到哪裡，哪裡就是大學」之說。一般而言，當然沒人認為我這樣一個小伙子會是博士，但出自海蘭之口可就讓人在心裡打個問號了。隨從和史帝芬都詫異地往我看來，我也羞得臉頰發燙。

「殿下就別開這玩笑了，草民擔不起博士這稱號。」

「那麼，你說話也不要那麼拘禮了，好嗎？」

海蘭帶著戲謔的笑容這麼說。

「寇爾，你的學識在我之上，所以我需要你的長才，可是你的工作不是諂媚我吧？」

在溫泉旅館答辯時，他也說過類似的話。不過那也代表他平易近人不擺架子，同時也或許有幾分請求的意思在。

對於「你的工作不是諂媚我」這句話，至今總是作足禮節的史帝芬，表情平淡得甚至有點不自然。

「我明白了。可是，我原本說話就是那樣。」

「那好吧。」

海蘭宛如少年般純真的笑容混入一抹苦笑。

「對了，那個女孩怎麼會在這裡？」

「噫～！」

繆里從我背後探出頭，對海蘭咧出牙齒。

「哈哈，她還是一樣活潑。史帝芬閣下，你這有砂糖和越橘做的甜點吧？請她吃一點。」

史帝芬先愣了一下，但畢竟是個幹練商人，隨即恭敬頷首。

「那我先失陪了，晚餐上再見。」

海蘭留下這句話就瀟灑地走了。

隨從一併隨他離去也多少有些影響吧，有種空氣密度霎時舒緩的感覺。

那就是所謂的貴族風範嗎？

「繆里，不可以那麼沒禮貌。」

彷彿要把海蘭瞪出會館的繆里聽我這麼說，不滿地轉向一邊，並更加不滿地說：

「可是我甜點還是要吃。」

我輕搥一下繆里的腦袋，無奈地嘆口氣。

德堡商行替我們準備的房間在會館三樓，平時應該是供商行生意夥伴住宿所用。房裡只有一張床，帶路的小伙計原想替我們加床，不過我不好意思這麼麻煩人家。況且繆里睡相不差，我又當然不當她是異性看，不介意和她同睡一床。

因此，我最後是請小伙計準備給繆里變裝用的服裝。

「大哥哥。」

我從肩背包取出慣用的筆和寫滿註釋的聖經時，繆里向我問話。

「我們現在在哪邊啊？在這個世界地圖的哪裡？」

繆里站在釘在牆上的大地圖前。

地圖畫在一整張皮革上，皮革大到可以輕易包起繆里整個人。那用的應該不是羊皮紙那種羊皮，而是一整頭小牛的皮吧。

「大概在這邊吧。」

地圖是以教宗坐鎮的南方大都市為中心繪製而成。若以此為基準，阿蒂夫應該位在相當靠左上角的位置。

「那紐希拉呢？」

「要從阿蒂夫沿河流往回走，在這個地方。」

地圖邊緣上緣畫了有張人臉的太陽作裝飾，而我指的位置正好就在鬍鬚底下。

「哈哈，在世界的盡頭耶。」

「不過還是有很多人住在那邊，努力地討生活。」

「大哥哥以前有旅行過一段時間吧？那是在哪裡？」

「這個嘛──」我同樣照實回答，但繆里的好奇心簡直是無底洞。途中有人敲門，我便趁機打住。

「繆里，不要只顧看地圖，衣服先換好。」

送到的是一套小伙計的衣服，以及海蘭吩咐史帝芬準備，用砂糖和越橘做的甜點。

「哇，好棒喔！」

當然，繆里不是為小伙計也能穿那麼好的衣服而感動。她的耳朵尾巴幾乎要「砰」地一聲冒出來，整個人也往我這裡撲，差點沒嚇壞我。

「要吃等換完再吃。」

我們身高有段差距，只要我把裝甜點的盤子舉過頭頂，她就搆不著了。她以哀傷的表情看了我一會兒，最後搖搖頭又拉下臉來。表情變化多端的繆里，就這麼一把搶走衣服。

「討厭，麻煩死了……」

繆里嘴理念有詞，但沒多想就脫起了衣服，我只好先出房間避一避。

「咦咦？在浴池不都看過很多次了嗎？」

繆里無法理解地這麼問，但問題不在那裡。我背靠著門嘆口氣。

該說她不愧有個狼化身的母親嗎，對於當著別人的面袒露肌膚一點躊躇也沒有。

這麼一來，我過剩的反應反而像是表示我心中有邪念，教人汗顏。喔不，是她自己太不淑女，是她不好。我對自己這麼說。

話說回來，那和我印象中，在紐希拉隔著朦朧泉煙所見到的體態略有不同。當時她瘦巴巴的，甚至感覺肌肉很結實，但曾幾何時那些稜角也都開始一個個地消了。儘管仍稱不上圓潤，但還是有那種徵兆。

感到她確實一年比一年成長而欣喜的同時，也有種莫名的寂寥。

「害羞的大哥哥～我換好嘍～」

我吃著甜點茫然地等，最後房裡傳來如此失禮的話。

開門進去，見到的是一個俊俏的美少年。

「嘿嘿，怎麼樣？」

「……我好驚訝。服裝的影響真的很大。」

或許是剪裁好自然就好看吧，筆挺長褲配上寬筒袖上衣，外頭加一件薄皮背心，再繫上一條長長的腰帶，就活脫脫是伴隨大老闆任憑差遣的精明跟班。

「可是頭髮要怎麼辦？可以像大哥哥那樣只是綁起來嗎？」

我們都是懶得自己剪才長那麼長，不過繆里的頭髮可不是一般長度。

「還是紮成辮子比較好吧。」

「知道了。」

繆里從書桌拉椅子過來，伸手搶走甜點盤之後背對我坐上椅子。

「嗯。」

是叫我幫她紮吧。我連罵人的力氣都沒有。

我從繆里的包包裡拿出梳子，替開心吃甜點的繆里梳頭。摸起來好柔軟，但有點冰涼，真是不可思議的觸感。她髮量豐沛，於是我打算先紮成兩條辮子，再將它們盤在一起。

「弄這麼多……感覺還真是麻煩。」

「妳是說照顧妳很費工夫的意思嗎？」

「並～不～是～」

繆里這麼說之後向後仰首，上下顛倒地看我。

「我是說不只要藏耳朵跟尾巴，連自己是女人也要藏啦。」

「這世界就是這樣。好了，把頭轉回去。」

我戳戳她的頭，她便乖乖回到原位。好久沒替那把柔軟的頭髮綁辮子了，想不倒還挺有趣的。

以前她沒事就吵著要我幫她綁呢。當我回想這何時成了義務時，繆里又開口了。

「大哥哥，我問你喔。」

「什麼事？」

紮完一條，換另外一邊。拿梳子重新整理過後，發現繆里沒再說下去。

「怎麼了嗎？」

我再問一聲。手已不再拿甜點的繆里，以聽不出情緒的聲音問：

「那張地圖上，有沒有不用藏耳朵跟尾巴的地方啊？」

我不禁停了手。抬頭一看，坐在椅子上的繆里面前，就是那張雄偉的世界地圖。縱然是阿蒂夫這樣的大城鎮，在地圖上也只占了一個小角落，而紐希拉連在不在圖上都不曉得。世界就是如此地廣闊，充滿無限可能。

這時，我腦中閃過一個想法。

繆里渴望離開紐希拉的最大原因，會不會就是這個問題呢？

「這……」

不過，我答不出口。

繆里懂事之前，都關在溫泉旅館的房間裡，鮮少外出。外出時，全身要包上層層的布，只露出臉來。對外是用她體質虛弱，不耐泉煙來解釋，但那當然是為了掩藏耳朵和尾巴。

等到聽得懂人話，母親赫蘿就把繆里身上留著什麼血、惡魔附身的概念、假如被人看見耳朵和尾巴，全家就無法繼續待在紐希拉等等都告訴了她。

繆里聽了那些事而向我哭求解答的那一刻，鮮明得就像昨天才發生一樣。

別人都討厭我嗎？

既然是夢想投身聖職的人，這時明顯該告訴她，感到痛苦、悲傷、孤單的時候就望向天空吧，那裡有她永遠的夥伴。可是，我是這麼回答的。

——不管發生什麼事，至少我會永遠站在妳這邊。

當時的繆里是首度得知這世界陰暗冰冷的一面，拚命想找一個依靠。直覺告訴我，必須抱持比磐石更堅實的信念，說出自己在這世上最深信不疑、百分之百肯定的一句話，才能穩住她的心。所以我將「妳父親羅倫斯」換成了「我」，至今仍未對我微笑的神就更別提了。但是我，我最能確定的我，絕對有自信許下那樣的承諾。

聽我那麼說之後，繆里笑了。說「那就好」，破涕為笑了。

自那天起，繆里坦然接受了自己的命運，學習掩藏耳朵尾巴的方法，以普通……不知道算不算，總之是以人類少女的方式在紐希拉生活。原以為她早就釋懷了，但看樣子事情恐怕沒那麼簡單。

「這……」

紮辮子的手，已然停下。

無論是騙是哄，繆里似乎都能立刻從那雙手感覺得到。

再說，把她當成可以隨便敷衍的人，也未免太瞧不起她。

「恐怕很難吧。」

正如教宗寶座位在此地圖中央所示，教會勢力遍及天下。即使是重視當地傳說的地方，能否接納非人之人也很難說。

「可是繆里──」

「沒關係。」

繆里又向後一仰，反著腦袋看我。

「就像娘有爹一樣，我有大哥哥。對吧？」

現在的笑臉比當時成熟多了。看得出來，她是為了不讓氣氛太凝重才刻意用這種怪姿勢。

「……對啊。妳平常都不聽我的話，怎麼就記得那個啊。」

因此，我也用那種語氣說話。世上一定還有像我跟羅倫斯那樣能理解他們的人，找出來就行了。

繆里閉眼皺眉，「噫～」地咧出牙齒，不過重心一歪，人也向後倒下。我急忙接住，而她也似乎確定我不會失手。

閉著眼睛，表情十分平靜。

「所以沒關係，我們到哪裡都要在一起。」

繆里睜眼後靦腆一笑，坐了回去。

「好了大哥哥，快點綁好頭髮吧，我想上街逛一逛。」

「逛什麼逛，我們又不是來這裡玩的。」

聽我這麼說，繆里笑得細瘦肩膀頻頻顫動，不過背影卻隱約有種寂寥。繆里和母親赫蘿不同，沒有數百年的人生經歷。儘管吵起架來連大人都壓得倒，但內心依然是外表那樣的年輕女孩，未來將會嘗到各式各樣的酸楚和痛苦吧。我雖無法一一保護她，但我想盡可能替她降低傷害。

而我也要將這份心紮進辮子裡似的仔細地編。

兩人都沒再說話。

彼此之間，只有寧靜的時光。

替繆里整好行裝後，我為詢問《萬民神典》製作事宜而拜訪史帝芬，結果他的辦公室前也擠了不亞於卸貨場的人。

「大哥哥，怎麼會這樣啊？」

史帝芬的辦公室位在一樓最深處，而排在門前的人從服裝體面到不怎麼稱頭的，全是一個樣地苦著臉。他們各自帶了不少隨從，再加上會館自己的小伙計也穿插其中噓寒問暖，密度實在高得可以。

聽他們交談的內容，似乎多是為陳情而來。

「大概是快要換季了，有很多東西要補吧。」

有人是為了補充冬季用盡的儲備物，從鄰近村落跑來借款；有的是來自工匠公會，請求調昇春季購材限額；還有搭遠地貿易船千里迢迢帶家鄉貨來賣的商人。

在南方，冬季早已結束，停滯的時間開始轉動。水陸交通遭冰封的北方城鎮和村落，都必須為填滿耗盡的倉庫、播春種和各種節慶作準備。

然而季節雖是一視同仁地轉變，物資的分配就沒那麼公平了。

所以才會有那麼多人來到大商行，試圖多少爭取點有利配額吧。

「他們都是來見那個人的嗎？那麼有地位的人竟然跟大哥哥敬禮耶。」

「是不是刮目相看啦？」

「嗯。這下我知道爹跟娘幫了人家多大的忙了。」

繆里對我笑咪咪地說，我也笑回去。

隔了一會兒，繆里又很開心地補一句：「不要難過喔，大哥哥。」

如此抬槓之餘，我攔了個小伙計請他替我們通報。原本應該是得排隊，但我怎麼看都看不出等在走廊的人有順序可言。有團一身異國風情，頭上纏一大團布條，穿金戴銀皮膚略黑的人後來才到，可是馬上就被叫進辦公室了。

取決條件大概是金額、權威或急迫性吧。

借用一下海蘭的威光和羅倫斯跟赫蘿的門路也無可厚非。

小伙計鑽過人縫進入辦公室，不一會兒回來說：

「由於兩位是臨時來訪，館主需要先作一些準備。」

現在忙成這樣，這也是沒辦法的事。

「那麼，我們先自己找些人和器具過來。」

這麼說之後，我再問道：

「錢的部分，是由我先墊嗎？」

「館主有交代，寇爾先生的一切開銷都由本商行承擔。」

「感激不盡。」

說完，我對繆里使個眼色，離開人滿為患的會館。

外面也是一樣吵，但天空沒加蓋，感覺空氣充沛很多。

「好棒喔，大哥哥。有聽清楚嗎？」

繆里到了門外，頭一句就這麼說。

「會承擔我們一切開銷的話，大哥哥就不用節制了吧？」

「我不會拿來買零嘴。」

「咦～？」

「人家替我們出錢，是一種敬意的表現，所以我們做事也得對得起人家的敬意。妳自己想，要是我們一直拿錢到路邊攤買零嘴，人家會怎麼想？」

「呃……會覺得我們……肚子很餓？」

「……」

我忍下近似頭痛的感覺，姑且先往前走再說。

「所謂的節制，不單純只是份量少一點就好。而是不要想吃什麼、喝什麼，或是想要什麼就去弄來，必須克制自己的慾望，是一種精神的訓練。」

說到這裡，我忽而發現吝嗇與節制的分別。

「然後呢，吝嗇和自我克制不一樣，是一種花費心思想占便宜的行為，以現在來說就是錢。這樣懂了嗎？」

我曾聽說講道能啟迪民智也能夠砥礪自己，果然是這樣沒錯呢。

「好像有點懂啦，可是……」

跟在我身旁的繆里還是有些不滿。

「一直節制的話，不就什麼都得不到了嗎？這樣又是為了什麼啊？」

「咦？」

我從口吻立刻感受到她不是像平時那樣刻意找碴，而是純粹有此疑問。而這一個極為直接的疑問，簡直是個無底深淵。

為什麼？有何收穫？

我一時給不出像樣的答案，怎麼想都不對勁。

邊走邊想的我，差點就被擦身而過的載貨馬車撞上。抓住我的袖子，用全身重量拉我回來的不是別人，正是繆里。

「討厭，大哥哥笨死了。」

「對不起。」

我不是為她救我免於淪為車下亡魂道歉，而是因為我無法回答繆里的單純問題。

會認為節制重要，當然是因為聖經述及節制是值得鼓勵的一種美德，不過聖經上沒寫的善行也很多。那麼，節制為什麼會是正確的事呢？想到這個問題後，我覺得那其實沒什麼理由。

假如有，也只有一個。

「因為人就是會覺得那樣才對。」

繆里露出一臉要喊出「啊？」的疑惑表情。

「或許有人討厭節制，不過經過開導之後，那個人說不定也能了解節制的益處吧。」

「……」

繆里的表情已不只是疑惑，開始擔心起來了。我沒理會她，再度自問。

單純追求自己認為自然的事，會是錯的嗎？

古代好像也有個疾呼善即自然的思想家。

「可是這麼一來，會不會跟禁慾之誓起衝突呢……」

結婚是應該獲得神祝福的事，但一方面卻又要求聖職人員壓抑那自然的慾望。

無慾算是自然嗎？

究竟誰會同意禁慾是自然之舉呢？

「嗯嗯嗯……」

開始對自己過去認為理所當然而接受的事產生疑問後，我發現前方出現巨大無比的阻礙，最後佇立路旁沉思起來。途中，有人拉動我的袖子。

轉頭一看，繆里的表情急得都快哭了。

「大哥哥……我不會再任性了啦，不要這樣……」

「咦？」

即使她緊緊抓了上來，我也一時搞不懂她為何那麼說。仔細想想，她大概是以為我在生她討零嘴的氣才停下來不動。我低頭看著孩子般緊抓不放的繆里，心裡有個念頭。

下次就用這招好了。

「不好意思，不小心想太深了。」

我把手按在繆里頭上摸幾下安撫她。不過那個意想不到的問題仍像隻找不到枝頭休息的小鳥，在我腦裡打轉。

即使有團近似鬱悶的淤塞感梗在心中，我依然期待這隻鳥最後落腳的地方。

阿蒂夫鎮以廣場為中心劃分成幾塊區域，一旦迷了路，只要往鎮上任何地方都看得見的廣場鐘塔走，就能回到起點重新出發。這樣的設計實在方便，令人欽佩。

我帶著不再討食的繆里走過鎮上，前往位在東側的工匠區。不愧是港都，木工類的工坊非常多，而這些切切削削進行加工的工坊門前，還有人在進行往木材抹上黑漆漆焦油的作業。原以為前幾天才躲過焦油桶的繆里會想起那個味道而一臉厭惡地閃避，沒想到她卻看得很專心。

「原來是那樣用的啊。」

「好像是塗在木頭上以後，可以防水跟防腐。搭遠地貿易船或戰船的時候，會把肉泡進那裡面，肉就不會腐壞了。」

「哼～會沾上燻肉的味道，說不定很好吃喔。」

原來如此。果然事情好壞全看觀點呢。

我們再走一段，來到加工毛皮的區域。門戶敞開而通風良好的一樓工坊，有人正在進行鞣皮等工序，有人在製作皮繩。

那一排排看似十分暖和的白貂皮，不曉得會是哪個貴族買去。

走著走著，我們在一間店舖前停下。一塊巨大牛皮傲然掛在面路的牆上，可能是拿來當招牌用的吧。

「不曉得是不是跟地圖一樣。」

繆里聞牛皮味道時，工坊裡調整剃刀柄的男子注意到我們，問：

「有什麼事嗎？」

繆里小聲說：「這個人身上也有毛皮耶。」害我費了好大的勁憋笑。這位皮匠的體毛就是那麼濃，且人高馬大，活像一頭熊。

「年輕的聖職人員帶了個德堡商行的小伙計，是來買文具的嗎？」

我往老愛亂開玩笑的繆里腦袋輕輕一點，清清喉嚨說：

「我要買稿紙、墨水、羊皮紙和滑石。」

滑石磨成粉以後抹在凹凸不平的羊皮紙上，能方便書寫。

「我是很想說『沒問題，馬上來！』，不過昨天有人訂了一大堆紙，我現在正在忙著弄新的。」

熊皮匠聳聳他寬厚的肩，從工作台上拿張羊皮抖了抖。

「這麼一張羊皮，我要削成五張羊皮紙才行。一般皮匠了不起只能削出三張呢。」

他順口就賣弄了一下，不過五張是真的厲害。羊皮紙純粹是由動物皮革製成，和以破布製造的紙不同，技術愈好就能削出愈多張。

「其他工坊的生意也那麼好嗎？」

聽我這麼問，熊皮匠先愣了一下，然後哈哈大笑。

「看來你是從很大的城鎮來的嘛。這裡沒那麼多官員，不會一天到晚有人要買紙。做羊皮紙和文具的店，只有我這間舖子和幾個下游而已。」

「這樣啊……」

那怎麼會有人突然買那麼多呢？

這時，熊皮匠突然想起什麼似的說：

「對了，話說昨天下單的人好像也說送到德堡商行耶。」

「咦？」

「啊，沒錯，我想起來了。有一群行頭特別高檔的人說有多少買多少……我削得太高興，不小心就忘了。」

行頭高檔、一次賣下所有羊皮紙、指名送德堡商行？想得到的就只有一個。

想到這裡，工坊後頭走來一個和熊皮匠正好相反，身材乾瘦的白髮老人。

「喔？有客人啊。」

「喔喔，老爸，昨天那個下大單的客人是什麼來頭來著？」

「啊？你真的是一個只會削皮的人耶，連大客戶都記不住要怎麼做生意？人家是溫菲爾王國的貴族啊。」

果然是海蘭沒錯。

「咦？島國的貴族跑來阿蒂夫做什麼？」

「受不了……我叫你沒事去聽公會在開些什麼會都白叫了。那個王國不是認為什一稅太不合理，和教會鬧翻了嗎？那個貴族就是王國的代表，好像是來說服阿蒂夫的大主教和他們合作的。而在那之前，他可能是想先拉攏這個鎮本身，到處和每個公會開會。今天我也是一大早就去聽了。」

「啊，是喔……」

熊皮匠顯然不感興趣，不時往手上的剃刀瞥。看得他們倆一冷一熱，我不禁對老人心生同病相憐之情。

「喔什麼喔啊，傻蛋。要是那個貴族成功說服大主教，我們就不用繳稅給教會了耶。」

「喔喔，那真是太棒啦！聽說大主教每天晚餐都是山珍海味啊，總算可以不用付錢給他們享受了嗎。」

儘管熊皮匠用詞誇張，但那也正是鎮民的感受吧。

「可是，那和我們的訂單有啥關係？」

白髮老人毫不客氣地往撫摸剃刀刃的熊皮匠腦袋敲下去，鏗地一聲很是痛快。

接著，老人轉向我們，見到光芒般瞇起了眼。

「既然你帶德堡商行的小伙計來，應該是來幫那個貴族做事的吧？」

「啊，對。」

「哎呀，這個溫菲爾王國的事，其實我很早以前就聽說了。今天在會議上深入了解以後，我真是大吃一驚啊。尤其是那個海蘭殿下，實在是個了不起的人物，還說了很多我們想都沒想過的想法。」

老人邊說邊跟我握手，最後連繆里的手都一起握了，深深低頭說：

「原以為教會和王國正處於那種狀況，我們這種小老百姓根本什麼忙也幫不上，結果他居然要做聖經的俗文譯本，讓我們能直接見到神的教誨。哎呀，真是天大的恩典啊。」

老人話說得都開始哽咽了。

「抱歉……畢竟我們就算對主教或教會的奢侈和霸道行為看不下去，卻沒有能力反抗他們。這裡是港都，海上會不會出事只有神曉得。禁行聖事令一下來，簡直就是掐住了這個鎮的命根子。在冷風又急又猛的冬天出航到伸手不見五指的海上，需要的可不只是一般的勇氣，而且船難永遠不會少。住在這鎮上的人，家裡至少都會有一個靠海吃飯的。」

看來海蘭在雷諾斯勸說大主教失敗後選擇阿蒂夫，並不是沒有根據。這裡的船會以聖人取名，並在船頭架設聖母或天使像以求航程平安。從港邊堆積如山的新鮮鱈魚和鯡魚來看，這裡的漁夫也相當多。而且這裡的海域不像南方那樣溫暖平靜，海港外可是一整片摔下船就沒命的極寒灰海。

「可以提供這麼直接的協助，真是光宗耀祖的事。別看我年紀一大把不中用了，那頭熊的技術可是沒話說的。」

果然每個人看見他都會想到熊。繆里在一旁低頭憋笑。

「我去跟我認識的謄寫師傅說一聲，寫複本的工作也交給我們辦吧。每多翻譯一頁，我們就多抄寫一份，讓大家都知道教會幹了什麼好事！」

老人和鎮民並不懷疑神的護佑，單純是不滿於教會這神在地上的代理人內部積惡過深與蠻橫態度罷了。

我再次體認到溫菲爾王國的行動果真不是蠻行，而是必要的義舉。

我所相信的世界就在前方。

神真正的教誨，就在海蘭所指之處。

「讓我們一起奮鬥吧。」

我也緊握老人的手，熱切地這麼說。

「繆里，這下妳多少能體會海蘭殿下做的是多偉大的事了吧？」

我在從工坊回來的路上這麼說，繆里不甘不願地點頭。

接下來，我們在鎮上稍微繞了繞，參觀建設中的城牆，在看得見海的坡道望著灰濛濛的海打發時間後回到商行會館。

晚餐是以史帝芬作東，海蘭為主賓的形式開席，基本上都是些無關利害的對話。只是從席間的互動看來，史帝芬的多禮不全是為了諂媚海蘭，還有點別的原因在。

「那也是當然的吧。跟鎮上的人談過之後，我發現他們對於我住在德堡商行會館都很驚訝。聽說這會館的主人史帝芬和大主教是同鄉，跟這裡捐給教會的物品關係匪淺。所以我在想，他會不會是想從與教會敵對的我這裡占點便宜。其實史帝芬他啊，是受到上司命令才心不甘情不願地讓我住在這呢。像他這樣的商人，一定是把眼前的利益擺在大義之上。即使不用再繳什一稅，他也只會認為教會的財力一旦遭到削減，當前的交易量也會跟著下降了呢。」

晚餐後，海蘭找我到房間一敘。我用餐時都只顧保持微笑，幾乎不記得吃了些什麼；大而化之的繆里則是將整桌美食一個勁地往肚子裡塞，剛才還說吃太飽不想動，結果聽到有點心就厚著臉皮跟來了。

「德堡商行也不是鐵板一塊呢。」

「規模那麼大的商行，其實就像國家一樣吧，不可能上下團結一致。更何況他們是商人，比屋頂上的風向雞更會轉。」

由於我最尊敬的羅倫斯以前也是旅行商人，所以反應僅止於微笑。

「不過到工坊去買紙，聽他們說過以後，我更確定教宗的禁行聖事令擺明是錯誤。」

「和鎮上各公會開過會，發現他們的反應和雷諾斯完全相反也讓我很訝異。好像自己變成了救世主一樣。」

海蘭沙啞地笑著，同時飲一口葡萄酒。

「儘管這裡原本是異教徒的土地，但也是坐船上來的南方人定居之處。他們對城牆外有所恐懼，且相信海上有妖魔棲息，人類根本拿他們沒辦法，對神恩的仰賴應該比其他地方都重吧。然而──」

海蘭將肘拄在椅子扶手上以手托腮，親切微笑著注視繆里。繆里對神有何教誨根本不感興趣，自己抱起糖漬蘋果乾大嚼特嚼。會有那麼多用砂糖醃漬的水果，多半是因為長途航行的船上有很多有錢人用錢排解煩悶的緣故吧。

「大部分人的動機都是現實利益。他們受不了繼續這樣抽稅下去。」

海蘭往聽說有甜點吃就傻傻跟來的繆里看一眼，是玩心使然吧。

「你有看到城牆正在施工嗎？從港口通往城門的石板地也鋪得很漂亮。」

「真是個優秀的城鎮呢。」

「正確而言，是正為了成為優秀城鎮而掙扎當中，被教會巧立名目徵的稅壓得喘不過氣。別看這鎮上的人生意做得不錯，其實沒賺多少錢。」

這消息是從德堡商行來的吧。

「而且這個鎮的主教座才設置沒幾年，在教會內權威頗低。而且大主教好像還沒待過景氣這麼好的城鎮呢。」

高貴人士臉上的笑容，有時極為刻薄。

「所以馬上就得意忘形，以為進了教會的錢全是自己的東西。不過相對的，鎮上的人一致認為他做事很認真呢。」

貪圖錢財卻又熱心於教會事務？兩件事在我腦中連不太起來。

海蘭見到我的表情，嗤嗤笑著說：

「寇爾，你應該多看點書以外的東西。」

「……見笑了。」

「長劍有長劍的優勢，可是揮起來就沒有短劍那麼靈活了。」

海蘭斟滿葡萄酒，說道：

「他是把教會當成自己家了吧，所以一方面替自己賺錢一樣傾力於教會職務，一方面將教會視為己有而為所欲為。我想他多半不覺得自己有哪裡踰矩，可是旁觀者清啊。如果問這鎮上最有錢的女人是誰，大家都會說是大主教的妻子呢。」

「妻子……」

「當然沒有正式結婚，不過每個人都心裡有數。然而——」

海蘭聳了聳肩。

「由庶妾所生的我也沒有立場責怪這一點就是了。」

貴族或王家取了妻還對其他女人出手的事屢見不鮮，而本該終生不婚的聖職人員也是如此，早已是公開的祕密。

外人只能眼看它們發生。

「可是，談到這裡的大主教是不是個成功的主教呢，那也未必。父王是受迫娶了所謂教宗的姪女為妻，可是每個人都看得出來母后才是他的真愛。就我自己看來，父王也很疼她。」

海蘭話說得略為隱晦，但我明白他的意思。

「而大主教呢，由於對職務認真過頭，常給人專橫不講理的感覺，大概是還不懂權力用起來必須恩威並濟的道理吧。他對外遇或通姦罪罰得很重，所以人們會埋怨他到底哪來的臉那樣罰；被他要求節制，也只能乾笑著點頭。」

熊皮匠也說過，主教的晚餐總是山珍海味。

「儘管如此，人死了、結婚了、生了孩子的時候他都會流淚。在這個層面上，人們也認同他的認真態度。正因如此，人們很希望自己對教會的扭曲感情可以有拉直的一天。不想看他課重稅卻拿那些錢吃喝玩樂，需要教會服務時又覺得他很可靠，這種矛盾實在麻煩啊。」

「所以也不是完全不敬重他。」

「用神的話來說，就是希望能心無芥蒂地愛他。」

海蘭隨即笑著補一句：「或許說敬愛比較好吧。」

倘若信仰之河能夠暢通地流，世界就會加倍清淨了。

「於是乎，人們很樂見《萬民神典》計畫的出現，甚至希望能翻譯好多少看多少呢。」

「我去工坊買紙墨的時候，一個像是老闆的人也那樣激勵我呢。」

海蘭笑了笑，對候在房間角落的隨從打個手勢，一名文官氣質且年紀與我相仿的青年便將一疊羊皮紙交到我手上。

「父王也是聽了這個計畫就馬上予以贊同，動員國內閒得發慌的聖職人員來協助，名目主要是講釋神的教誨。他們都是不工作就沒飯吃的人，對父王也頗有好感，所以進行得很順利。可是這群住在象牙塔裡的人在俗話方面可就不怎麼樣了，很渴望聽聽鄉野學者的意見。」

雖然被稱為學者總比博士好得多，但還是讓人不太好意思。

海蘭或許是看出了我的心情，嗤嗤地笑。

「寇爾，我也認同謙虛是種美德。不過在旁人眼中，其實是勇於自薦的人才會受到倚重喔。」

是要我有點自信吧。

「我會努力的。」

「真是的。」海蘭無奈一笑。「那份譯文後面的部分應該也在翻譯了，不過我要請你也譯一份。送回國以後，對他們應該會是很有用的參考。」

儘管不勝惶恐，但是做大事就是這麼回事吧。於是我繃緊肚皮，收下了羊皮紙。聖經的俗文譯本，堪稱是以啟迪人民性靈、揭露教會歪風為目的的一場大戰。一想到這疊羊皮紙將會是一把劍、一面盾，我就覺得它好沉好沉。

「我自當竭誠以赴。」

聽我鼓起力量如此答覆，海蘭顯得很滿意。

「另外，我也很期待這位吃了那麼多糖的小姐能提供同等的助力喔。」

海蘭滿懷親切的眼中，繆里已經把整盤蘋果乾吃完，正在用指頭沾剩下的砂糖起來舔。在含著手指的時候受眾人矚目，就連繆里也覺得有點尷尬。

「會在我面前那麼自在的，除了受許可證保護的弄臣之外，就只有這個女孩了。」

「真是不好意思……繆里！」

繆里被我吼得脖子一縮，但眼神很不服氣。

「沒關係，隨她去吧。我們現在投入了一場對抗權威的戰鬥，而權威會使人盲目，剝奪思考能力，更別說是見到不公不義的事而誠實說出來的勇氣。我是真的期待她能夠有所作為，只不過……她識字嗎？」

這問題讓繆里愣了一下。

「就是普通的字，教會文字先不提。」

「她會，多少會一點。」

我代繆里回答後，海蘭欣喜地說：

「這樣啊。那麼，雖然對妳這樣的女孩來說可能有點無聊，但我還是想請妳看看聖經。我想妳一定能找出我們都看不見的真理。」

繆里欲拒還迎地露出得意表情，不過我看海蘭是太高估她了。

「海蘭殿下，請恕我直言——」

就在我嘗試諫言時，海蘭插嘴道：

「那不是客套話喔？其實她給我一種很特別的感覺，我住的溫泉旅館的老闆娘也是如此……是哪個名家的後代嗎？」

海蘭的眼光令我深感詫異。若將赫蘿和繆里的血統稱作名家，那還真是如字面般超乎人識的名家。在全世界眾多王家當中，傳說家族創始者超乎常人的也只有少數特別顯赫的幾個。

「看吧大哥哥，識貨的人就是識貨啦。」

然而繆里完全不懂我在擔心什麼，高高挺起了胸膛，一點謙虛的樣子也沒有。

「哈哈哈，看來這位小姐還比較懂世界是怎麼運作的呢。」

如果尾巴露出來，一定是搖得沙沙作響吧。

「開個玩笑，別放在心上。」

海蘭隨即添上這麼一句。聽起來，他是沒探出些什麼。

「好啦，我不會多問她的私事。聖經上也這麼說。」

紙終究包不住火。

在這種時候，我無法斷定此話有何含意。

「而且，我相信你們兩位。」

我姑且將那視為上位者撫慰臣子的政治語言。沒有貶低海蘭的意思，只是提醒自己海蘭是貴族，和我們不同，不然可能會被拉進那種世界。他是極富魅力的人物，若能成為他屬地的主教，也是有如美夢成真的事。

但是，我想盡可能地屏除私慾，誠心協助他。這一項計畫為的是成就大義，遠在個人私利之上。

「敬我們導正世界的第一步。」

海蘭以此預祝我們的前程，高舉葡萄酒杯。

第三幕

海蘭拿給我寫有聖經譯文的羊皮紙疊那天夜裡，我幾乎沒什麼睡，都巴在書桌邊目不轉睛地讀，腦中滿滿地是「原來還能這樣解釋、原來有這種寓意」等新知的刺激。

繆里好像為蠟燭太亮睡不著發了點脾氣，但最後還是不知不覺靜下來了。

當我赫然回神時，窗外街道傳來載貨馬車的聲音。明明感覺上，我到剛才為止都在讀譯文，實際上卻似乎是睡著了，肩上蓋了條被子。回頭看向床上，繆里睡得縮成一團，很受不了我的樣子。

我慢慢活動在寒冬中保持同樣姿勢太久而變得像枯木的身體，上床稍微補個眠。被子裡充滿繆里較高的體溫，使我的緊張霎時溶解，一下子就墜入夢鄉。

下次睜眼時，我在闖了大禍的驚恐中跳了起來。

「早上的準備……！」

太陽已經完全升空，從陽光色澤就能一眼看出溫泉旅館的早餐時間已經結束，開始準備午餐了。全身冷汗直流，心裡滿是對羅倫斯替我四處奔波的歉意。我已經好幾年沒睡過頭了啊。懊惱地下床時，我才終於想起那全是窮緊張。

「……早安？」

在桌前梳頭的繆里不明所以地道早。

「喔……對喔，這裡不是溫泉旅館……」

敞開的木窗外，是熱鬧城鎮的喧囂。

還有微微的海潮香。

「大哥哥，你真的很勤勞耶。」

繆里傻眼地笑著說。

「啊，對了。在貪睡的大哥哥打呼打得正過癮的時候，有東西送過來。」

平常都是我罵繆里賴床，所以她喜孜孜地跑過來輕咬我。是我對繆里期待太高，才會希望她叫醒我。她一定是看我比她更晚起床，在旁邊賊頭賊腦地偷笑。

臉和衣服有沒有被她惡作劇，都得仔細檢查。

看向她所說的貨物之後，我的睡意全飛了。

「繆里，妳先讓開。」

「喔咦？」

我抱起擺在門邊的一整組貨物重重放在桌上。被我趕跑的繆里嘛著嘴到床上坐。

「有這麼多的話……」

破布製成的紙和羊皮紙多到要用抱的才拿得動，墨汁也滿滿都是，羽毛筆則多到好像要飛走了似的。

「大哥哥，你一個人要用那麼多啊？」

繆里盤腿坐在床上忙碌地保養頭髮之餘，有點不敢置信地問。

「沒有，應該還會有幾個謄寫師傅來幫忙……繆里，還有其他人來過嗎？」

「嗯？啊，有人來問大哥哥在不在，我說你在睡覺以後他們就出去等了。」

「就是他們啦！」

就在我三步併作兩步要出去找人時，被繆里叫住了。

「啊，等等啦大哥哥！早餐呢？」

「隨便就好！」

我留下這句話就出了房間。

德堡商行早已開始今日的業務，人和昨天一樣多。我向路過的小伙計說明後，他就帶我來到一樓卸貨場角落，那裡有幾個閒得發慌的男子。他們一見到我就以很適合加聲「嘿咻」的緩慢動作站起來，全都有駝背，右手指頭纏著繃帶。肩背包坑坑洞洞，衣服像在泥水裡拖過般滿是汙漬。再多看一眼，發現他們臉和手也是一樣斑斑點點，不輸衣服。

不懂的人看來，或許只會以為他們是貧窮的旅人或逃離重稅村落的農奴吧。不過，那其實就像強如鬼神的傭兵被敵人的血噴了一身一樣，優秀的謄寫師傅當然全身都是墨跡。

這幾個男人看起來全身上下都疲憊不堪，只有眼睛仍閃閃發光。

「我們也能幫神傳授正確的教誨嗎？」

「那當然，歡迎三位。」

我與三名男子握手，感謝他們特地來一趟。

「可是，這時節不是很忙嗎？」

「哈哈哈，當然很忙，不過我那個公證人老闆叫我先來幫你。」

「我是從港口的稅吏公會來的。」

「我來自市政參議會的資料庫。」

能讀能寫的人總是受人視為珍寶，而能夠確實完成文書謄寫工作的人更是寶中之寶。謄寫文書遠比一般人想像中艱辛，在修道院甚至是一種苦修方式。能做這種工作的人相當有限，而能夠貫徹始終且正確無誤的人實在少之又少。

這幾位師傅應該都是海蘭透過那名製紙專家徵召來的，能力肯定優秀。少了他們的地方，現在恐怕是忙得暈頭轉向吧。

「但是呢，我們老闆都認為協助海蘭殿下，甚至是溫菲爾王國，以後賺回來的肯定比現在缺了我們而損失的更多，畢竟什一稅和什麼都扯得上關係。要是可以免除那種稅，出借一、兩個我這樣的人手也在所不惜。」

「而且，其他大型的工匠公會似乎在計畫讓底下的工匠宣傳海蘭殿下的想法，要在緊要關頭把人召集到教會門前去呢。問題是，我們家老闆因為工作性質的關係，沒多少人手。要是什麼忙也沒幫就白白享受免除什一稅的甜頭，到時候在鎮上可就抬不起頭了。」

「再加上大家都單純對聖經上寫了什麼很有興趣，想知道神實際上到底是怎麼說的，不然教會的說詞實在是太難接受了。」

從師傅們的反應看來，海蘭的計畫是進行得相當順利。

世界或許真會就此改變的預感，給我無法言喻的興奮。

「聽海蘭殿下說，您是一個學識淵博的神學者呢。」

「請務必替咱們指點指點。」

「咦？啊，快別這麼說。我沒那麼大本事，實在不敢當。」

海蘭似乎每到一處就會吹捧我幾句，也許是認為適度的誇大比較容易煽動人吧。海蘭可不只是個親切愛民的貴族。

「喔喔，我還是第一次見到有謙遜這種美德的聖職人員呢。」

「不愧是殿下介紹的，貨真價實啊。」

總覺得海蘭連這一步都算到了，我只能在睜圓了眼的師傅們面前一個勁地苦笑。

至於怎麼找地方讓他們謄寫，也是件頭痛的事。德堡商行會館的構造可說是在不同樓房之間搭走廊強行串成，又大又複雜，沒人嚮導恐怕會迷路。

但儘管如此，會館裡依然沒有空房間，於是我只好把商行配給我們的房間借他們用了。

「繆里，妳抬那邊。」

我們協力將床鋪等家具全移到牆邊，再從其他房間搬桌子過來。

在氣氛頓時變成工坊或教會抄寫室的房間中，只有繆里一個抱著腿窩在床上。

「那麼，要我們謄的書在哪啊？」

「就這一疊，請三位分攤來寫。」

「錯字訂正過了嗎？我不識字，幫不上這個忙。」

不識字的謄寫師傅並不少見。說穿了，寫字也是類似畫圖的行為，只要能照描就能勝任；而且這樣比較能忠實呈現原有文字，反而更好。問題是，會連錯字一起抄下來。

「我已經把我看得出的都挑出來了，不過……」

既然不識字，也不曉得要訂正哪裡吧，直接標註在寫譯文的羊皮紙上也不太好。在我思考該怎麼辦時，男子說聲：「敬請放心。」從背包拿出針山。

「請把針插在拼錯的字上，我們會自己參考這邊作訂正。」

「太好了。」

師傅巧妙的智慧令人感佩。我立刻著手，往他那份羊皮紙一一插針。

其餘兩人在手腕纏布，還裝設了小型肘架，可能是他們工作時都是那樣吧。那模樣酷似準備上戰場的騎士，十分可靠。不一會兒，他們就準備好開工了。

「那麼，我們來給教會一點顏色瞧瞧吧。」

一名師傅這麼說之後，三人各自開始作業。

我也想繼續翻譯時，忽然發現繆里不見了。對了，她好像說過早餐什麼的。說不定她一直在等我起床，什麼也沒吃。

我趕緊離開房間找人，發現她就倚在走廊窗台邊，望著中庭餵小鳥。

「繆里？」

我一喊她名字，小鳥就全飛走了。

「大哥哥還滿惹動物討厭的嘛。」

身上流著狼血的繆里這麼說，往剛才小鳥啄個不停的麵包大咬一口。

「吃早餐吧……麵包哪來的？」

「我在路上跳跳舞換來的。」

還扭著屁股這麼說。

看來她有點生氣。

「開玩笑的啦。」

「我知道，可是——」

「爹娘當然也有給我一些盤纏啊。來，大哥哥的份。」

繆里打斷我的話，從手提袋掏出乾巴巴的麵包和肉乾塞給我。

「人家說那個麵包是水手在吃的，烤過兩次，硬得會咬斷牙齒喔。」

還笑出兩顆尖尖的虎牙。麵包的確是很硬，不過我在意的不是麵包。

「呃，繆里，我現在要工作……」

「我知道啦。我也覺得自己待在那個房間很奇怪。」

繆里是自己硬要跟來，假如知道這裡難以容納她而乖乖返回紐希拉，實在是再好不過。

然而，實際處在她完全幫不上忙的狀況之後，反而過意不去。

「而且你都寫在臉上了。」

「……」

「哼，求我也不回去喔。」

繆里使壞地賊笑，戳戳動不了的我胸口。

「我好像開始能體會海倫姊她們想捉弄大哥哥的心情了耶。」

說那什麼話啊？當我瞪過去，她已輕飄飄地退開。

「這裡到處都很忙，我會找工作來做啦。幸好穿了這個。」

繆里和昨天一樣，穿上了商行小伙計的服裝。

只是頭髮依然如同以往，配上那身衣服感覺很不像樣。

「那要先把頭髮弄好才行。」

接著，我說：

「我幫妳紮。」

她八成是故意不紮的。

「呵呵，好～」

她笑嘻嘻地縮短剛拉開的間距。雖有種受她擺布的感覺，不過我稍微改變心態，只要她開心就好了。

途中，有好幾次小伙計打掃或商行人員搬貨經過我們時，以為客人在幫小伙計紮頭髮而露出不可思議的表情。

那的確是有點難為情，唯獨不怕他人眼光的繆里毫不介意，樣子樂得很。

接下來一連好幾天，我都埋首於翻譯工作中。

海蘭交給我的譯文不僅幾乎無須修改，反而還讓我學到不少。既然溫菲爾王國那邊已在翻譯後續部分，我的翻譯等於是在挑戰既有的翻譯，教人惶恐至極，然而那也有愉快的部分。反正我是沒什麼好損失的自由之身，便決定照自己的意思放手去做。

而謄寫師傅的技術也真是沒話說，海蘭給我的原稿愈來愈厚。若不請雕花匠繪製花邊，一天約能謄寫五張。聖經共有十三章，海蘭給我的原稿是前四章，而這四章很快就倍增了。

每謄完一份就會先呈送海蘭，再由他交給阿蒂夫的士紳或城外有領地的貴族。此外鎮民也有需求，約在交出第二部的隔天，各公會負責人也都爭先恐後地殺來會館想討一份。

那或許是海蘭遊說的效果，不過這個鎮原本就有那種背景也占了一部分吧。就在一旁的海冷得要命，順河而上是深雪皚皚的高山。聽師傅們說，最近幾天海盜從波濤洶湧的北海下來打劫。城牆外根本不是可以悠哉生活的環境，整個鎮都渴於神的護佑。

由於這樣的需求，師傅們連日趕工至深夜也不嫌累。那樣的工作過去從來都派不上任何大用場，只能不斷磨練自己，而現在他們終於等到能夠一展長才的一天，當然吃再多苦都甘之如飴。但也因為我每次蠟燭都點到很晚，有一天繆里終於受不了而把我趕出去。迫於無奈，我只好在走廊擺大木箱和椅子，裹著被子繼續翻譯，結果發現這樣更專心，繆里還因此找藉口跟我發脾氣。大概是因為一個人睡比較冷吧。

從眼睛睜開到再也睜不開，有時連夢中也都在想聖經的這段時光真是幸福極了。儘管在紐希拉能獲得羅倫斯的諒解，可是溫泉旅館的工作可不會因此減少，現在的生活實在令人嚮往。

但是，唯一會擾亂這生活的不是紐希拉也不是阿蒂夫，就是繆里。例如她忙完商行的工作後，會回到房間逐一向我報告今天發生的事。聽我都是隨便應一應，她就不再說下去，結果搬椅子過來讀起了聖經。或許是因為她讀聖經時，遇到不懂的地方我就一定會仔細回答的緣故吧。

不過我可能是真的太投入了，繆里開始會擔心我的健康。經常回到房間卻發現早上出門前替我準備的早餐都沒少，擔心也當然的吧。

過去每次都是我在糾正繆里的生活態度，如今角色卻顛倒了。現在她半夜不會趕我出房間，而是等蠟燭燒完就硬拖我上床。我卻事不關己似的覺得這樣的變化很有趣，甚至會想假如繆里有了弟弟妹妹，一定會是個好姊姊。

但話說回來，我想繆里還是不太能理解我的熱忱。某天，繆里又硬把我拉離書桌拖到床上時，她說：

「大哥哥，可以問你一件事嗎？」

可能是太久沒說話吧，才想張口回答就咳個不停，好不容易才說出：「什麼事？」

「你為什麼會那麼投入在神的教誨上啊？」

繆里可能只是在抱怨，不過那也是個相當根本的問題。

「咳……咳哼！我沒跟妳說過？」

「沒有。所以……我有點怕。」

繆里會在被子底下挽著我的手，一部分也是提防我會趁她睡著溜回書桌。事實上，我有好幾次在床上想通之前怎麼翻都翻不順的特殊詞彙而跳起來過。

不過仔細想想，我的確沒印象對繆里說過那件事。她明明從小就經常跟我聊東聊西，感覺有點妙。

「這樣啊……可是這個問題有點難，實在一言難盡。」

「說嘛。要是我可以接受，就准你用掉兩根蠟燭再睡覺。」

能延長一根蠟燭的時間倒也不錯。況且，要是能讓她明白我為何對神的教誨如此執著，說不定會是一個帶領她信教的契機。

慢慢整理思緒後，我望著陰暗的天花板開口說：

「其實一開始，我根本就不信教會的神。」

「咦！」

繆里詫異地在我耳邊大叫。那驚訝可以和知道燒水也要付錢時相比。

「是真的。我出生的村子都是所謂的異教徒。會對清澈的泉水或高大的巨木祈禱，神則是傳說會保護村子的大青蛙。」

「青蛙？」

「傳說就是那樣。說不定以前真的有那種青蛙吧。」

畢竟繆里的母親就是巨狼的化身嘛。

「所以呢，既然我出生在那種村子，當然不會想學教會在教些什麼東西。然而很諷刺的是，我下定決心信教是在那個村子差點被教會的軍隊毀滅以後的事。」

我想起自己為何不曾對繆里提起這件事了，因為一點也不有趣。

「和我們有往來的村子一個個被他們消滅，而我們當然是束手無策。無論對村裡的神怎麼祈禱，也沒有人來幫我們。於是男人都下定決心和他們戰到最後，女人和小孩也準備逃走，再也不回來了。」

相同的事，或許也正在世界某個角落上演吧，只是當時頻繁得多了。繆里沉默不語，更用力地挽著我的手，脖子也縮了起來，彷彿有點後悔要我說這件事。

「不過就結果來說嘛，經過一連串巧合之後，村子沒有毀滅，現在也好好的。」

繆里明顯鬆了口氣。

「可是那時候，我那個村子所在的北方地區被稱為異教徒的土地，處於戰爭狀態。」

「……是不是只有紐希拉沒事啊？」

紐希拉歷史悠久，當時有個別名叫異教徒領地的正教徒樂園。

「對。所以在不曉得教會什麼時候會再攻過來的情況下，我認為只有一種方法能保護村子，那就是自己成為教會高層幹部。」

聽我這麼說，繆里一臉的疑惑。

我也知道那個想法就是這麼單純。

「當時我……只是個小孩子，比現在更不認識這是個什麼樣的世界。那個想法非常單純，也是從利益的角度出發，算是耍某種小聰明吧。因為這個緣故，我雖然學了神的教誨，但心裡相信的卻是教會這個組織的恐怖和強大。周遭鑽研神學的人，也都是為了方便將來討一個有特權的工作，沒有一個是認真想遵從神的教誨。」

那年，我在俗稱大學城，有許多由教會認定為博士的能人賢士聚集的熱鬧城鎮求學。念書需要花錢，而有錢的地方就會引來騙子。我在那裡被騙走所有的錢還背了一屁股債，最後苟延殘喘地逃了出去。

那是段悽慘的過去，但沒有它也不會有現在的我。

「儘管如此，可能是神學剛好合我的個性吧，我念得很愉快。不知不覺地，它已成了我的血肉，學習也變得愈來愈快樂。可是不管我怎麼念，心裡都培養不出所謂的信仰。因為這個世界實在太蠻橫無常，讓我懷不起堅定的信仰。」

村子突然就要毀滅、單純走運而倖免、發現信青蛙為神的只有我們這一村……經過這一切，我覺得這世上每件事都是那麼虛幻不實，不值得我相信。

認為世界上唯一的真理，就是弱肉強食這麼幾個字。

「不過遇見兩個特別的旅人後，他們顛覆了我的觀念。」

「……就是爹娘嗎？」

「答對了。」

即使那稱讚根本沒什麼，繆里似乎還是很高興。睡覺時露出來當暖爐的尾巴，在我們共用的被子下搖來搖去，搔得我好癢。

「可是……為什麼呢？認識娘以後，應該反而會認為神的教誨都在瞎扯淡吧？」

恐怕沒有事物比她更適合作為神不存在的證據吧。

然而信仰這種事完全是不同層面。

「我也覺得妳那樣想沒錯，不過怎麼說呢……總之不是那樣。天上究竟有沒有神這種存在論固然重要，但我想說的不是這種事。他們讓我知道，這個世界還有值得我打從心裡堅信的東西。」

「……我不懂。」

被窩裡的尾巴不滿地搖了搖。

「假如這世上真的有永恆不變的事，那麼他們的感情不就是一個例子嗎？」

這問題讓繆里有點驚訝。

然後稍微想了想，不知為何不太高興地說：

「可能吧。爹跟娘感情好到有點噁心了。」

在親生女兒眼中或許真是那樣吧。

「可是，那跟神的教誨有什麼關係？」

「那是因為……」

在這裡閉上眼，是由於我想起自己邂逅赫蘿和羅倫斯之後，體驗了許多有時慌亂有時驚險，也因此反而好笑的大冒險。

「他們無論遭遇任何困難，狀況再絕望，也絕對不會放開彼此的手。因為他們堅信，他們的愛才是這世上絕對可靠的東西。」

「……」

繆里是因為聽別人那樣說自己的父母所以有點難為情吧，什麼也沒說。

「見到他們那樣，我得到一個啟示——只要信念堅定，沒有克服不了的困難。然後我發現，值得堅信的信念的確就存在於這個世界上。以此為出發點放眼世界萬物後我明白到，人若想在這冰冷的世界生存下來，信念是無比地重要。」

那或許是對自己珍視之人的愛、對所屬集團或領主的忠誠，甚至是「我只相信錢」這樣不太值得鼓勵的信念。

然而共通點是，人皆因懷抱信念而堅強。

「同時，我也深切感受到那些無所依靠的人是多可悲和無助，因為我曾經是他們之一。」

如今我已無法真正體會當時是如何絕望，也不想體會。無依無靠的孤寂，形同將人活生生拖進死亡深淵的病魔。

「在這一刻，神的教誨才真正在我體內流動。」

神與你同在。

原來是這麼回事。我感到茅塞頓開。

「當我明白『神絕不會棄我們於不顧』這句話的意思時，有一種溫泉像瀑布那樣迎頭澆下的感覺。」

原以為繆里會笑我太誇張，想不到她不僅沒笑，還更用力地挽著我的手，嘴也像想啃我般湊到肩上。

「我知道那種感覺。大哥哥說永遠會站在我這邊的時候，我也有那種感覺。」

語氣不太情願，或許是害羞的緣故吧。那是繆里的母親赫蘿告訴她關於體內狼血統各種相關須知時的事。

「成為聖職人員以後，我就能將這份溫暖分給世上因孤寂而冷得顫抖的人了。我在失去希望，不知何去何從的時候，很幸運地遇見了赫蘿小姐和羅倫斯先生，可是世上大多數人就沒那麼幸運了。然而我發現，我可以散播這份幸運。因為神的愛無遠弗屆，沒有任何偏頗。」

為此，我必須盡可能地理解神，讓自己有能力對抗任何疑念。我念書念到啃生洋蔥抵擋睡意也要念，就是因為有這樣的信念。

「呃……」

繆里的反應有點錯愕，使我為自己話說得太過激動而反省。

「對不起，我太誇張了。不過，我想那跟事實應該沒差多少。」

「不是啦，我不是那個意思……只是知道大哥哥念書原來有這種原因，有點驚訝而已。我還以為我們家的大哥哥是一個怪胎呢。」

「咦？」

我以有點受傷的眼神往繆里看，見到在黑暗中反而明顯的壞心眼賊笑。

「不過我現在知道了。會想得那麼認真的大哥哥真的有點怪，才會被海倫姊那些舞孃勾引也不為所動吧。」

「繆里。」

即使壓低聲音，繆里還是笑得那麼高興。

「而且，我也知道大哥哥為什麼突然要離開村子了。我一直都不曉得你為什麼對那個叫教宗的收不收稅那麼生氣……原來是因為他傷害了很重要的東西。」

正是如此。那一針見血的說法使我差點為她喝采。

神的教誨原本是為了救贖人的靈魂而存在，教宗卻將它當成了斂財工具，我說什麼都嚥不下這口氣。

「我真的很高興妳能理解，可惜沒辦法表達我有多高興。」

「咦？那就用力抱我一下吧，像小時候那樣。」

在她長得和母親赫蘿一模一樣，不再那麼喜歡上山追逐野獸，開始注重打扮之後，我有種歲月不饒人的落寞，可是她心靈深處依然還是那個小孩吧。

我無奈苦笑著擁抱繆里，繆里也嗤嗤笑起來。

「可是大哥哥啊。」

「什麼事？」

「既然神那麼重要，我聽娘說耳朵和尾巴的事以後哇哇大哭那時候，你為什麼沒拿出來說呀？」

照語脈來說，是該那麼做沒錯。

而實際原因，我實在不方便說。

「這個嘛……」

「嗯。」

要是在這裡含糊，繆里反而會故意追問，於是我放棄掙扎，直說：

「因為就連我也沒看過神。」

「咦？」

「可是，我自己就在妳面前，看得見摸得到，會跟妳說話，所以我才那樣說。我知道自己志願成為神的僕從……那樣想……是有點矛盾，可是……」

真是窩囊死了。就是因為有這樣的矛盾，教會才會產生那麼多欺瞞吧。原以為繆里一定很不齒，結果她說：

「再抱我一次。」

「咦咦？」

「你不是看得見摸得到，會跟我說話嗎？快點，不然我的信仰要不見嘍！」

距離繆里對神懷抱信仰的日子應該還很遙遠，不過就某方面而言，那或許是件好事。

我便照著公主的吩咐做了。

不知是繆里真的很認真工作，還是平時的特技使然，一不留神，懷中就傳來陣陣鼻息。她還是這麼隨興自由。不過她雖然身材嬌小，終究是沒小時候那麼小，抱久了手會壓得很難過。於是我輕輕地抽開手，呼地吐口氣。

然後再看一次她的睡臉，不自禁地綻開笑容。

或許這世上值得相信的事，還能再加上這張天真睡臉呢。

一張讓我明天也能努力不懈的睡臉。

經過日復一日的祈禱與思索，到海蘭那份原稿的二次抄本在鎮上流傳時，我的翻譯也追上了繆里開始讀的聖經譯文。繆里一直想挑我譯文的毛病，整天故意「快點！快點啦！」地催，不過我自己其實也是那麼急。當第七章終於完工，甚至有種窒息時吸得一大口新鮮空氣的感覺。

聖經的主要教誨到第七章為止，其餘是描述獲降神諭的預言家旅途，及其追隨者們的言行錄。當然，目前的譯文只是底稿，還有堆積如山的校潤工作等著我，不過大意應該都說清楚了。

同時，我也有總算跟上腳步之感。四處為斡旋奔波的海蘭，終於在昨天開始和大主教正式對話。

就我所知，這個鎮的氛圍完全是傾向溫菲爾王國。既然教堂是由鎮民的敬意和捐獻才得以建成，教會也不能漠視鎮民的意願吧。

截至第七章這段神的基本教誨譯文，應該能幫他們推上一把。

此外，知道鎮民對神的教誨這麼感興趣，使我心中充滿喜樂。

果然救贖人民靈魂是聖職人員的畢生大業。正義永遠是正義，正道必然通往真理。

在師傅們皆已歸返，仍能在對面屋頂上依稀感到陽光餘暉的黃昏時分。

「大哥哥～做完了沒～？」

會沒敲門就闖進來的也只有繆里一個。

轉頭見到的那張臉，似乎已經很久不見了。

「你不是說今天會做完嗎？」

「剛好完成了。」

「很好很好。」

老闆般的口氣令人不禁莞爾。

「妳現在，對工作也有更多認識了吧？」

「那當然。我可是厲害得很，每天都被搶來搶去的呢。不過我感受最深的，應該是這世上的工作真的有好多好多種吧。」

檢查羊皮紙上的譯文墨水是否全乾的同時，我也為繆里的愉快神情感到寬慰。

「因為商行是轉動世界的水車嘛。」

「無聊又麻煩的工作也很多就是了。」

「這個世界就是這樣。」

「我也知道啦……可是啊，我有一次要幫忙數錢，總共有塞滿一整個木箱那麼多喔？明明有那麼多錢，一天數下來整隻手都黑掉了，結果拿到的只有那整箱的一點點的一點點的一點點！」

這麼說來，有一晚繆里特別在意自己手的味道。原以為那是碰過魚的關係，結果是因為貨幣的銅臭味啊。

「不過，有件事我就是想不通。」

「想不通？什麼事？」

「我經常幫人家跑腿，到兌換商那邊換錢，可是都沒用過那些錢，那是為什麼啊？」

「因為那可能是人家放在那邊的錢、準備要在大買賣用的貨款，或是輸出用的吧。」

「輸出？要賣到其他地方的意思嗎？這裡已經為了缺零錢在頭痛了耶？」

「因為如果有其他地方比這裡更缺零錢，賣給他們會比較賺吧。這是常有的事。」

「哼～真奇怪。」

我曾經因為貨幣輸出而發現一個巨大的詭計喔。我很想跟繆里炫耀一下，不過那樣太孩子氣便自重了。

「總之我不喜歡做那種事，還是到港口做事最好玩。」

「港口？」

聽我這麼問，繆里的目光更閃耀了。

「有好大的船，船上也堆了好高的貨物。我可以爬到那上面去，把貨物丟給在地上的人搬。有船靠港就會有浪推過來，整天都搖來搖去，真的超難站的！尤其是今天快傍晚的時候，有一艘蜻蜓那樣細細長長的船不知道港口的規矩硬要擠進來，我還跟大家一起罵他們喔！」

繆里哼地一聲挺起胸膛，完全把自己當成了德堡商行的小伙計。畢竟她是個直爽的活潑姑娘，應該很容易受到港口那種氣氛感染吧。

如蜻蜓般的船，應該是不揚風帆，純靠人力划動兩旁幾十枝巨槳的快船。或許是有急貨要送吧。

言歸正傳。我試著想像了繆里在吵吵鬧鬧的港口爬上貨物山頂工作的模樣。

「那樣……不是很危險嗎？」

「是啊，有好幾個人摔到海裡去了，就只有我一個站得好好的。」

繆里得意洋洋地說。她在紐希拉就經常在旁邊就是冰冷急流的濕草地之間跳來跳去，一點也不費功夫，當然泳技也很高超。

不過問題不在那裡。

「羅倫斯先生和赫蘿小姐把妳託付給我照顧，萬一受傷了，我要怎麼跟他們交代啊？」

「啊，這我知道。要是受傷了，你就要負責任了對不對？」

「……」

我長嘆一聲。八成是聽了海倫那些舞孃說的話，連意思都不懂就直接拿來用。

「有點不太一樣……不過意思很接近。」

「是喔？」

繆里這麼說之後，周圍響起牛鳴似的「咕～」聲。

「對了，我肚子好餓喔。大哥哥，既然做完了就可以出去逛一逛了吧？」

開工以來每天都是在房間吃飯。繆里很想在外頭那些熱鬧的地方吃些紐希拉吃不到的東西，不過知道我一步也不願踏出房間後，她就請商行的人買麵包回房吃了。

「好好好，出去吃就行了吧？我也好久沒有活動筋骨，再窩下去恐怕會變成石頭。」

「我有好幾次都以為你死在書桌上了呢。」

這時，原本咯咯笑的繆里忽然想起什麼般猛抬起頭。

「啊，大哥哥！」

「什麼事？」

「你現在這個樣子不能出門。」

我跟著低頭查看全身。我現在的服裝和離開紐希拉時一模一樣，什麼也沒換。

會是臉上沾了什麼嗎？然而繆里在我摸起臉頰時大力搖頭。

「把你那件一副聖職人員樣的風衣脫掉。」

「咦？」

「少廢話！」

照吩咐脫下風衣後，繆里嗯嗯有聲地將我從上到下端詳一遍。

「感覺還是很像那種人……」

「繆里，到底怎麼了？」

「人哥哥，頭低下來一點。」

我懶得問原因，直接就低頭了，結果繆里馬上就把我的頭髮弄得一團亂。

「……繆里。」

「然後，啊，這或許不錯。」

繆里左右張望，打開墨壺蓋用纖細的小指尖沾一點，刷地在我臉上畫出一條線，並在另一邊抹一抹，退後幾步看看成果。

「嗯，還不錯。」

「繆里。」

我聲音中帶了點怒氣，但繆里不為所動，兩手叉腰挺胸說。

「現在穿成聖職人員的樣子在外面走動很危險喔。」

「……咦？」

「會惹作粗活的人生氣。」

夜幕逐漸籠罩夕陽，繆里的眼在陰影中發出詭譎的光。

「我在工作空閒的時候，也在鎮上打聽了很多消息。我可是很忙的呢。」

「打聽……」

「這叫分工合作啦！大哥哥在房間裡面是很努力沒錯，可是對房間外的事就完全不懂了，所以需要我來代替你的耳朵跟眼睛啦！這不是冒險的基本嗎？」

見我瞠目結舌，繆里表情顯然垮下。

「你該不會真的以為我工作只是為了打發時間吧？」

「呃……」

我以為完全就是那樣。

「討厭！所以我才說你不能都是那樣嘛！現在還不知道那個金毛到底在打什麼主意耶！」

我當然不認為海蘭那樣地位崇高的人動機會有多單純。

可是繆里疑心更重，根本不相信他。

「大哥哥果然只看得見四分之一個世界。」

「連一半都沒有啊？」

這世界分成男女兩邊，而我看樣子是完全不懂女人，所以只了解一半。這種評價我還能虛心接受，可是現在又砍了一半，我就弄不懂了。

這時，繆里以有點煩惱又有點悲哀的表情對我說：

「大哥哥都只看人家好的一面。」

這個天真爛漫的少女說起話來，有時真是一針見血。

「人心裡不會只有善意，對吧？」

好冰冷的事實。既然繆里年紀只有我一半，說不定我看見的還只有那四分之一的一半呢。

在我啞口無言時，繆里溫暖的手疊上我的手。

「可是啊，我實在沒辦法想像大哥哥搞鬼的樣子。」

我低頭看看繆里，老愛搞鬼的她嗤嗤笑著。

「所以我要保護大哥哥，看你看不到的地方，免得你倒栽蔥摔到懸崖下面去。」

說什麼大話。不過回頭想想，她真的曾經在我太專心思考，差點被載貨馬車撞上時救過我一次。

我一句話也反駁不了，但若什麼也不說就有損顏面了。

「那麼，視野狹窄的我該看哪裡好呢？」

繆里斜眼抬望過來，不敢置信地搖搖頭。

「這裡不就有一個讓你眼睛離不開的人嗎？」

用法明顯不對，而繆里的自信卻又那麼地高。

這樣的落差實在太滑稽，讓我忍不住笑了。

「真的耶。」

「真的呀。」

繆里笑出一口白牙，額頭貼上我的手臂說：

「所以嘍……」

「咦？」

聲音含糊得聽不清，反問時繆里已經放開我的手。

「不說了，我肚子好餓！」

她說的好像是很重要的事，但也有只是想拿我的手搔鼻子的感覺。無論如何，我的眼是離不開她沒錯。

「不可以吃太多喔。」

「好～」

回答還是一樣散漫。

我跟上快步離開房間的繆里，無奈地笑了笑。

阿蒂夫夜晚的嘈雜，和白天大不相同。

說起來，感覺很接近紐希拉，也就是到處都在設宴，有酒有肉的氣氛。

不同點是，店裡坐不下而在路邊長椅大喝大笑的人，每個都是結實的彪形大漢。他們白天可能都在港邊扛貨、拿大鋸子加工木材，或是編造專繫大型船隻那種粗得嚇人的纜繩吧。曬得通紅，臉也被酒醺得紅通通的他們歡笑吼叫的乾裂聲音裡，有種獨特的氣魄。

很快地，我明白了繆里的忠告確實不假。

「大主教到底想怎樣？」

「今早的禮拜還只派助理主教出來，我們的溫菲爾殿下居然讓他怕成這樣。」

「不是不是，大主教和溫菲爾殿下都在裡面開會。」

每個人聊的不是教會和溫菲爾王國，不然就是海蘭。有的像在觀望情勢走向，有的將出面反對惡稅的海蘭當救世主般頌揚。

我望著這樣的人群慢慢地走，在太陽下山也未歇業的攤子買塊炸鱈魚夾麵包吃。繆里好像在白天工作時賺了不少小費，自掏腰包多加條豬肉香腸。

「如果穿原先那樣出門，真的恐怕不能好好吃一頓呢。」

遭醉漢糾纏，逼問我支持哪邊的情境清楚得彷彿就在眼前。

「看場合穿衣服可是很重要的喔？」

繆里還歪起頭，像在問我究竟懂是不懂。我笑著點頭，往她腦袋一戳。

我們就這麼站在路口啃麵包，看著來來往往的人，聽著形形色色的話。

不曉得他們平時對什麼感興趣，都聊些什麼。其中有個人說，只要能拿到聖經的俗文譯本就會拿出來讓大家看一看。那呼聲充滿敬畏，彷彿只要一書在手就能將教會弊病一掃而空。

那當然是他的醉言醉語，囫圇相信恐怕只會招致失望，不過那也表示人們對譯本是多麼企盼。有如此雄厚的民意作後盾，距離海蘭實現願望肯定不遠。即使貴為大主教，應也不能任意忽視民意。必然會端正陋習，和我們一起指出教宗的不是。

「照這個速度進展下去，正義的曙光很快就會到來了吧。」

而阿蒂夫的教會或許將就此成為帶動改革的哨箭，串起一個又一個城鎮響應。一想到自己做的事能推助這場改革，心裡就激動萬分。

我以這般充滿希望的眼光觀望街角風情時，背倚著牆啃麵包，完全融入了這城鎮似的繆里嘆口氣問：

「正義……你說正義？」

「有什麼問題嗎？大家不都是朝海蘭殿下指示的正確方向走嗎？」

繆里面無表情地看著我，並以正牌商行小伙計的架式用下巴往旁邊指。

我不解地看過去，見到幾個男子在酒館外沿路放置的長椅上哄鬧。

「哈哈哈！」

「來喔～來喔～看這邊、看這邊～」

在煽動什麼似的喧譁聲中，攙雜著幾聲狗吠，原來是醉漢手拿肉乾在逗野狗。這件事本身並不稀罕，城牆內到處都是動物。

「來吃啊，十分之一的肉喔！撿去吃啦！」

男子扔出肉乾，狗也立刻拔腿追上去撿食，其他人看得哈哈大笑。隨後，我發現狗的模樣不太尋常。

脖子吊著形似主教服的圍兜。

「狗主教！吃我們的十分之一麵包啦！」

狗每次吃下他們扔出的東西，都讓他們笑得人仰馬翻。

繆里乾笑著，我則是根本笑不出來。

因為他們是以極其露骨的方式冒瀆權威。

「大概從昨天開始就有人這樣。我雖然在紐希拉早就看慣發酒瘋的人，可是這種的跟那邊完全不一樣。有點……可怕。」

繆里吃完麵包，用衣服擦擦手說：

「今天上午，有個主教從附近島上的教會來到這邊，那時候也很誇張。」

「……怎麼個誇張法？」

有東西吃的狗高興極了。尾巴搖得愈猛，男子們也笑得愈大聲。

「教會高層搭的船，好像一定都會掛漆上教會徽記的帆嘛？所以呢，大家馬上就知道船上有什麼人，拍手跟歡呼的聲音大到我耳朵都要聾了呢。」

回頭往繆里看時，見到一張陰暗的臉。表情和她說的話對不上。

難道繆里是不希望主教受到熱烈歡迎嗎？

才這麼想，就聽見年輕貌美的小伙計嘆了口氣。

「根本就沒人在歡迎他啦。商行的人告訴我說，因為鎮上一面倒是敵視教會的氣氛，於是大主教找他來助陣，對抗那個金毛。而大家都知道這件事，故意用超大聲的拍手跟歡呼迎接他，畢竟不能直接把人家的船掀翻嘛。結果主教下船以後完全搞不懂狀況，知道自己來到很恐怖的地方，臉都發青了。」

惡意。

港邊全是不滿權威，滾滾沸騰的惡意。

「明明每個都討厭你，卻爭著來握手擁抱的感覺真的怪恐怖的耶。那個人看起來不錯的主教就這麼夾著尾巴跑出港口了。」

也不是每個人都仗著權勢作威作福吧，即使是這個鎮的大主教也是如此。既然他對聖事十分認真，骨子裡一定不是個壞人。

「經過這幾天工作下來，我發現大家都不太注重細節。該怎麼說呢，我想想，大概是只要有對象可以崇拜就好的感覺吧。不管哪個人，都會因為自己已經很窮了還要被人搶走錢財而生氣，可是我問他們什一稅是不是真的那麼重，他們卻笑嘻嘻地說從來沒被收過。」

的確，教會不會向那些終日搬送貨物才能賺取微薄收入的人一一徵稅，當然是找大商行、稅關或地主。不可否認地，成本一層一層疊起來，終究會影響市井小民的支出，但實際感覺恐怕不怎麼明顯。

「大哥哥我跟你說喔，我大概知道你相信的是怎麼樣的東西，也看得出來你翻譯聖經的樣子是真的很熱情、很快樂，所以有件事我一直沒有告訴你。」

繆里抬望而來的眼神，是前所未有地嚴肅。

「大哥哥翻譯的東西，現在外面也有抄本了嘛，可是現在卻變成大家只是覺得有那個就能痛罵教會而已。」

「我的翻譯不是用來——」

「你怎麼想或是譯本上寫了什麼，他們好像不怎麼在意。」

神有何教誨都是無所謂的小事。曾有幾個商人在我作日課而默讀聖經時，像撿到便宜般沒打聲招呼就湊過來低下頭，當作真有保佑就算賺到，而這種事遍地都是。

「所以啦，你真的需要小心一點。那個金毛搞不好是明知會這樣才做的。」

「這……」

「那個人都只說好的不說壞的。」

世事一半的一半。

我回視繆里的眼，但無言以對。別開視線，卻又見到受人嘲弄的狗。是我太天真了嗎？可是信仰本來就該天真。假如天真是種罪惡，那我該怎麼辦才好？

我也沒傻到以為海蘭的動機純如聖人，只是直覺告訴我，他的目的地也許有正義存在。

如此心無所從的感覺。

令人不禁想翻翻聖經。

「繆里。」

「嗯？」

我看著耍著狗哈哈大笑的人們，說：

「要不要回商行？」

我翻譯聖經，為的不是成就那樣的惡意或嘲笑教會權威。單純只是指出不當之處，要他們改進而已。

當然，不是所有人都和那些醉漢一樣，我也不認為海蘭會鼓吹那樣的行為。但經繆里一提，我真的有自己頂多只看見這世界四分之一的感覺。

「好哇。」

還以為她會吵著多買點零嘴，結果回答得十分乾脆。

接著離開牆壁，快速前進幾步後回過頭問：

「需要牽我的手嗎？」

可能是我為了理想而奮鬥，卻見到鎮上的人表現出意想不到的惡意，失望都寫在臉上了吧。那雖是調侃，但也是很貼心的舉動。

這叫我這作哥哥的情何以堪呢。

「……好吧，要是走丟就麻煩了。」

「你才會走丟！」

我就這麼讓繆里拉著踏上歸途。

腳步有點快，是因為她想儘快將我拉出這團齷齪暴力的街頭氛圍吧。儘管她又吵又任性，不時還會說些嚇死人的話，不過基本上還是個好孩子。

於是，我有這樣的想法。

既然繆里是個這麼好的女孩，有更多像她這樣的好人也不是什麼怪事吧。

我知道猜疑只會招來沒完沒了的猜疑，當然也知道到處都有壞人。畢竟我就是被人騙慘了之後才認識羅倫斯他們。

因此，這世上既然有人只是為了洩憤而嘲笑教會權威，那麼應該也有很多人願意閱讀聖經譯本，確實理解教會是非之處。至少我希望如此。

和繆里一起回到商行後，我們鑽過加班到這麼晚的人群前往三樓房間。

「今天就好好睡一覺，其他都不要管！知道嗎？」

「知道知道。」

我對嘎嘎吼的繆里陪笑，打開房門。墨香隨即迎面撲來，滋潤我受外界喧囂而荒蕪的心。吸進一口，就彷彿吸進智慧與靜謐。

「上床前，我想洗一下臉。對了繆里，妳身上也有點塵土味，請人家燒點熱水——」

我邊點蠟燭邊說了那麼長才發現繆里仍站在門口。

「繆里？」

繆里沒回答我，猛一顫似的甩動身體，露出耳朵尾巴。接著進房關門，嗅得鼻子滋滋響。還以為她想開玩笑，不過她彷彿抓著看不見的繩索直線前進，停在桌前。

「繆里。」

這次不是問句，單純是喊她。剛翻譯完成的原稿整齊疊在桌上，看起來和我們出門前沒有任何不同。

「有人趁我們不在的時候進來過，不只一個。」

我沒懷疑，是因為她耳朵尾巴的毛都直挺挺地豎了起來。

而且房間並未上鎖，誰都能自由出入。

「遭小偷了嗎？」

我捲起羊皮紙疊，在燭光下快速清點。可是張數沒錯，且都是我的筆跡。

「也沒有塗改的痕跡……難道是有人單純好奇進來看一看嗎？」

商行也有熱情的信徒。說不定是聽說譯本就快完成，想來嘗鮮人卻不在，忍不住就溜進來偷看了。

於此同時，依然在桌邊彎著腰到處嗅的繆里站起來擦擦鼻子說：

「不曉得，我只知道有人來過這裡。要是能像娘那樣變成狼，搞不好就能找出是誰了。」

繆里不甘地這麼說之後打了個噴嚏。

她可以自由自在收放耳朵尾巴，卻無法像母親赫蘿那樣化為巨狼。應該是人類血統占了一半的關係吧。

「總之，你要多小心一點喔？」

「知道了，可是妳也不要太疑神疑鬼喔。」

聽我這麼說，抱著胸的繆里尾巴緩慢大幅搖動，不滿地盯著我。

最後我重嘆一聲，投降似的聳聳肩。

「那我去討熱水嘍……為安全起見，妳先把短劍立在地上，用柄這樣抵住門。」

「與其這樣，不如我一起去。」

她語氣不太高興，不過回頭想想，那的確有理。

在我將蠟燭換上提把燭台，正要離開房間時——

「啊，剛好有人上三樓來了。誰啊，腳步聲聽起來像路易斯。」

繆里耳朵陣陣抽動地說。可能是她工作時認識的小伙計吧，直接請他燒桶熱水上來好了。突然間，繆里藏起耳朵尾巴，門也在片刻後敲響了。

「抱歉打擾您休息。」

禮儀做得很周到。趁我們不在時溜進房間不知做了什麼的那些人應該不包含他吧。

「來了。」

我應聲後開門，見到的是約比繆里小上兩、三歲的男孩。

「不好意思，海蘭殿下有請。」

這句話讓我猜想那個人說不定是海蘭。既然我的工作是他給的，他當然有權自由檢視工作進度，隨意進入平民房間也不會遭受任何苛責吧。

「知道了，馬上過去。」

小伙計恭敬鞠躬之後往房裡瞥了一眼，平板的表情笑了起來，還揮動小小的手。

當然紳士如我，自然是裝作沒看見。

關上門後，發現繆里靠在謄寫師傅們用的桌邊，臉上笑咪咪的。

「他就是路易斯啊？」

「嗯，他和我在港邊一起做事，摔過兩次海。」

我一時分不出繆里的笑容是出於親暱，還是笑他笨手笨腳才會落海，大概兩者皆是。

「那我就去海蘭殿下那走一趟——」

繆里是刻意打斷我的話。

「怎麼能少得了我呢。」

「這次可能沒有甜點喔？」

「吃人家太多東西反而會影響判斷，沒有剛好。」

其實，海蘭給繆里吃甜點或許是因為那就像馴服滿懷戒心的野獸，很有趣的緣故。

「不可以沒禮貌喔。」

「好～」

繆里離開書桌，先一步出了房。

我也隨後跟上，途中忽而回頭。

譯稿就這麼留在那沒問題嗎？

「大哥哥？」

走廊上的喊聲使我稍有猶豫，最後還是決定帶走了。

無論帶或不帶，我都得向他報告前七章完成的消息。

「久等了。」

「嗯。不說那個了，既然越橘之後是蘋果，再來應該是水梨了吧？」

還猜起甜點來了。繆里的貪吃個性讓我笑了笑，邁步啟程。

長長走廊的彼端，手邊燭光不及之處，是一片渾厚的黑暗。

多小心點也不吃虧。

換個角度想之後，我們向海蘭的住處前進。

海蘭在如此夜深之時召見我們，而且他從昨天就開始勸說大主教。

一定有很多事想談。

「啊，你們來啦。」

獲准進房後，見到海蘭獨自一人坐在鋪上耀眼白布的桌邊，桌上擺著各式菜餚，但每樣看起來都早就涼掉了。

「不好意思，您在用餐嗎？」

「不。」

海蘭苦笑著輕搖餐刀。

「我沒什麼食慾。」

最後他扔下刀子，全身往椅背一攤。

「是協商讓您太緊張了吧，請別太操勞了。」

「緊張嗎……好像也不是那樣。我現在很氣憤，也很失望。」

失望，即表示交涉不順吧。

「有那麼多鎮民在支持您，大主教也不肯讓步嗎？」

海蘭笑了笑。

「鎮民的支持是吧。」

我能感到身邊的繆里心情不太好。海蘭的笑聲帶了嘲諷的味道，但對象似乎是自己。

「我原本也是那麼想，不過看樣子，聲音大的都是些低層的人。」

搬運工、漁夫、作日工的人。

「而且，那樣的人只知道用暴力手段胡鬧。今天，大主教好像找來了一個手下的主教替他壯膽。那個主教剛進教堂就直接癱在地上，怕得好像剛穿過戰場。」

就是繆里說的那個來到這個完全沒人歡迎的土地，卻受到熱烈鼓掌和歡呼迎接的主教吧。

「結果你猜，他怎麼看我？」

海蘭一臉憔悴地坐在冷颼颼的餐點前，哀傷地說：

「他懷疑我想煽動內亂，好將這個鎮納入王國版圖。」

「咦！」

那和溫菲爾王國與教宗的爭執完全是兩回事。

「鎮上不是能看見某些人把聖經譯本高舉著揮舞嗎？因此，大主教痛批我根本是假藉翻譯聖經的名義，裡面寫的其實是鼓吹人民發動內亂的文宣。」

「豈有此理。」

「當然，這是翻翻聖經就能證明的事，所以我也送了一本給大主教。但由於這個鎮的權威象徵懷疑我們帶頭叛亂，各界大老的態度也變得保守起來。萬一大主教真的說對了，和我合作就等於贊助反賊啊。」

自虐般這麼說的海蘭嘴上帶著淺淺的笑，心裡卻似乎十分痛苦。

而且他也說過，負責管理這德堡商行會館的史帝芬那副畢恭畢敬的模樣不太像是出自敬意，比較接近敬而遠之。他們是這個鎮的生意人，肯定是認為順從權勢才有利益可圖。

這麼說來，我大概能猜到是誰在我們外出時進房偷看譯稿了。他們八成是德堡商行的人，來看我們究竟是不是在那個房間裡製造煽動造反的文宣吧。

海蘭深深吸氣，慢慢地、長長地吐出。

「在我國，有千千萬萬的民眾因為教宗命令而在人生的各種大日子上得不到神的祝福。我們並非不信神，更遑論藉機侵占他國領土，就只是不滿於教宗將神的護佑和金錢放在天平兩端衡量罷了。我怎麼也想不通，為什麼這麼簡單的道理……大主教就是不懂。」

他緊握的拳在桌上顫抖。我也用力握起自己的拳，以體驗他的憤恨。

然而他忽然放鬆了手，難為情地對我笑。

「或許他就是為了激怒我吧。動怒就輸了，尤其是在談判桌上。」

海蘭端起酒杯，啜飲一口說：

「和大主教談判亦是如此。他找來了所有能找的人，拿石頭扔我一樣圍著我大肆抨擊。在那種狀況下，想說烏鴉是黑的都很難。」

他們是無法用武力驅逐，就利用多數暴力吧。

「所以寇爾，我有事想拜託你。」

「我？」

「我想盡可能多找點幫手。不知道對方明天還會不會採取同樣戰術，總之我希望你來陪我一起談。」

在我為這出乎意料的要求作任何表示之前，海蘭先以笑容制止了我。

「我可能會求助於你在神學方面的造詣，但不會要你積極發言，抬頭挺胸站在那裡就好。我跟他們說過，你是與許多大神學家有過交流的優秀年輕學者，只要表情肅穆地站在我身邊，應該就能達到效果。大主教基本上不會拿教理要你跟他答辯，因為他不是透過遵從神的教誨而獲任大主教一職，只是走世俗管道坐上那張椅子。」

那不是海蘭的偏見，而是有事實根據的感想吧。

「再說，即使大主教從未好好讀過聖經，這裡總歸是港都。每年往來紐希拉的知名聖職人員，一定有不少會順道來這裡走走，他不會不記得他們的長相和名字。只要你舉得出名字、說得出特徵，把話說得好像曾經跟他們來往甚密一樣，那些主教對你的態度一定不會亞於那些大神學家。」

這豈不是成了田裡防止小鳥啄食嫩芽的稻草人嗎。只要能幫得上忙，我是無所謂啦。

「我也很不想用這麼窩囊的伎倆。可是，闡明事實就能讓對手明白自己愚蠢的美好世界，似乎只存在於書裡。」

看來海蘭已在現實與理想的夾縫間耗費了不少心神。

說到書，我想起自己手上就有彷彿以那般理想堆砌而成的書。

「對了，關於我的翻譯，目前翻到了第七章。」

「喔喔！」

海蘭臉上重現光彩，我也受到鼓舞。

「當然還需要一些校潤，但大意應該都寫清楚了。」

「哎呀，你做得真是太好了。」

我交出羊皮紙疊，海蘭立刻以溫暖眼神瞇眼瀏覽。

「嗯……啊，文筆真不錯。」

那當然只是客套話，不過拿這點光榮當報酬也不過分吧。

「很可惜，我沒時間全部看完。複本寫到到哪裡了？」

「已經到第七章中段了。剩下的部分今天剛完成，應該明天早上就會抄好。交給師傅以後，即使帶這部分去教會也能繼續抄複本出來。」

「很高興你這麼精明，就那樣做吧。」

「遵命。」

我從海蘭手中接過羊皮紙疊，心中為確實的邁進萌生希望。

「這將是歷史性的第一步。每個人都能讀到聖經，發現怎麼做才是正道。拜託你了，寇爾。」

得到海蘭的鼓勵後，我便離開了房間。

後來，這天夜裡依然又是燭火通明。不過繆里沒趕我出去也沒生氣，只是在賣力抄寫的我身邊靜靜讀我的譯文。我一定是痴人說夢，才會覺得她終於開始對神的教誨感興趣。她可能只是在氣我將她丟在一旁，或是因為看海蘭不順眼，不滿他又派工作給我。

途中頭靠上我的肩膀，也是情緒的表現吧。

當撫摸她的手指沉入銀色髮叢時，耳朵尾巴發出了點聲音。

平常話很多的繆里，似乎是一句話也沒說就讀完了譯文。頭離開我肩膀後，她伸了個大懶腰再補個大呵欠，並查看我的工作。也許是看出還剩很多，她沒說什麼就站起來，直接上床了。

覺得她實在很隨興之餘，我也感到那些舉動真的帶了點怒氣。明天以後要多找時間陪陪她才行。

對於又忍不住替她操這種心，我也覺得自己沒出息，不過那已是根深柢固的習慣，改不掉了吧。

要是離開繆里，我心裡的洞一定會比再也不能在溫泉旅館做事更大。

剩餘譯文的複寫工作不至於耗到早上，在城鎮完全靜默的深夜就結束了。

明天要陪同海蘭參與談判，半途上打呵欠就不好了，我便感恩地接受繆里尾巴的溫暖儘速就寢，結果天剛開始亮就醒了。繆里直到太陽完全升起才起床，知道這件事之後擺出哭笑不得的表情。但我也知道，那是太過興奮的緣故。

謄寫師傅一個個上門，我也將剩餘的譯文抄本交給他們，並交代一有成品就分給想要譯本的人。至於譯文正本，我會和海蘭一起帶到教會。

「話說，妳怎麼穿成那樣？」

繆里換上了她從紐希拉穿來的衣服，圍起披肩。明明才住了沒幾天，現在穿起少女服裝感覺又比先前更成熟了些。

可能是在鎮上工作的影響吧。

「你說呢，當然是因為穿這商行小伙計的衣服到教會去，會給商行添麻煩啊？你們昨天不是有說到嗎？」

德堡商行即使援助海蘭，掌管阿蒂夫商行會館的史帝芬也肯定不想與教會正面對立。況且人們的粗野行徑，還讓教會懷疑海蘭想藉內亂竊占領土。

由此說來，繆里的判斷的確沒錯，不過前提卻讓人打個問號。

「就沒有乖乖留在房裡的選項嗎？」

「不～要！我聖經都看完了，再繼續工作下去也打聽不到有用的新消息了吧。」

「而且我只看見這世界的四分之一？」

繆里愣了一下，接著嗤嗤地笑。

「對對對。」

「真是的……要是海蘭殿下不讓妳跟，我可不管喔。」

我這時還抱著某種程度的希望。總之結果如何，等進了海蘭房間就知道。

「穿那樣不太好。把馬甲脫掉，換上小伙計的褲子，腰帶纏厚一點……嗯，看起來就像宮廷的見習行政官吧。再戴一頂插羽毛的帽子好了。妳長相清秀，只要表情嚴肅一點，扮什麼都能像什麼。」

原以為那有一半是玩笑話，不過實際穿起來之後，今天頭髮只有簡單盤在後頸的繆里的確很有貴族跟班的架式。

「服裝的影響力很大嘛。」

「一點也沒錯。」

繆里得到海蘭的認同，得意地哼了一聲。

「那麼，我們走吧。早禱的時間已經結束，人們都要從教堂到工坊或店裡了。」

海蘭和隨從上了馬車，我和繆里只是跟在後面走。這裡的路原本就很亂，說不定走路還比較快。況且，走在路上較能體會鎮上氣氛。

昨晚的亂象已不復見，阿蒂夫鎮在陽光照耀下閃閃發亮。這樣的畫面，讓我有點希望昨晚全是黑夜製造的惡夢。

若非公務在身，搭馬車到教堂門口是種失禮之舉。

於是我們繞到後門，見到幾個年輕的助理主教捲起了袖子正在打掃。

他們用破舊的布奮力擦拭教堂的牆，手都凍得發紅了。

「各位早，大主教在嗎？」

海蘭下了馬車就向他們出聲，一個比繆里稍長，沒長幾根鬍鬚的助理主教擦乾手，默默開啟後門。那鋼鐵製的厚重門板，有抵禦敵人入侵的效用。

「打擾了。」

帶頭的海蘭經過之際，助理主教還會垂下視線，但輪到隨從和我時就露骨地瞪了過來。進了陰暗的教堂，後門發出沉重聲響關上後，繆里悄悄對我說：

「完全不歡迎我們耶。」

「一大早就得作額外工作，所以在生氣吧。」

是海蘭答的話。

「可是，打掃不也是修行之一嗎？」

「那得看是什麼弄髒的啊。」

見我聽得一頭霧水，繆里湊到耳邊說：

「都是臭雞蛋啦。」

我不禁盯著繆里瞧。教堂後邊的路沒有商店，夜裡也鮮少有人經過，不難想像是一群不滿於教會的人專程拿臭雞蛋來砸的。從教會的角度來看，海蘭就是煽動他們的人，自然不會給他好臉色看。

一行人在偌大的教堂內闊步前進。那不是因為囂張或目中無人，而是因為不那麼做就可能被逼出去，又或者按一般規矩請人代路，只會被帶進某個小房間等到天荒地老吧。

教堂內部感覺比外觀更大，由石磚堆砌的建築煞是莊嚴。牆上有大得能壓死人的緋紅掛布，或是天使造型石雕燭台依等距放置，極盡奢華之能事。而夜燈用的恐怕也不是獸脂，而是蜜蠟吧。

到了大主教辦公室前，海蘭毫不避諱地一把敞開那雙開的門。

接著向前一步，說道：

「大主教您早，感謝神今天讓我也能順利拜會您。」

這辦公室又高又寬廣，前後兩端較長。一張長得令我開了眼界，似乎能坐上二十人的長桌傲然擺在中央。兩側牆邊是一整排精雕細琢的木櫃和大木箱，上頭的天使畫像比德堡商行那幅更大，且共有十二幅，就連大商行的接待室都沒這麼豪華。

長桌邊坐了七名主教，每個都穿著刺繡華麗的紫色聖袍，另有兩名手邊全是羊皮紙的書記。長桌頂點，懸於牆上的大型教會徽記下，是聖袍繡上金色花樣的大主教。

所有主教背後各有二至三名年輕侍從，應該是分擔教會雜務並研讀神諭的助理主教，或是管理教堂的聖堂參事會所僱用的俗人祕書。在如此集團的包圍下，的確是縱有再多正義之詞也會被他們壓下。

「願神榮光永存。」

大主教如此應和，但表情極為不悅。

「你這次帶了不少人嘛。」

接著頭一句就是滿滿的尖酸味，但海蘭只是心平氣和地在文官們拉出的椅子就座，微笑以對。

「人多一點，這麼大的辦公室就不會那麼冷了嘛。」

大主教不改緊繃臉色，用鼻子呼出一大口氣。

「對了，我們翻譯的聖經已經進展到第七章，原稿就在這裡，想請您過目過目。」

海蘭使個眼色，候在一旁的文官便將羊皮紙疊送到主教陣地。

即使成列的主教們沒一個表示友善，後方侍從依然小心接過羊皮紙疊，呈給大主教。

「我自己說破了嘴也沒用，相信您看過以後自然就會明白這是不是鼓吹叛亂的文宣了。當然，神不喜爭執，以和為貴。」

大主教翻動眼前一頁羊皮紙，抬起頭問：

「那我就看嘍？」

「請便。」

海蘭的語調顯得有點亢奮，我也略感意外，原以為大主教會只收不看呢。他很快就讀起第一頁，仔細地逐字檢視，然後是第二頁，極其慎重地慢慢默讀。

其間，這寬廣辦公室裡的三十多個人沒有一個說過話，頂多只有碎動和咳嗽聲。大主教目不轉睛地盯著羊皮紙，頭抬也不抬。

會開始覺得奇怪，是因為第二頁看得特別久。

「請問怎麼了嗎？」

海蘭這麼問之後，大主教緊接著翻過第二頁，讀起第三頁，反應平淡得彷彿是正好讀完一樣。

接下來，讀第三頁的時間也是久得誇張。

我轉頭看看海蘭，他的側臉因憤怒而緊繃。

這時我才發現，那是大主教的圈套。

我們是為了洗清假借翻譯聖經名義散布叛亂思想文宣的嫌疑，才請大主教直接檢視譯本，而且需要他從頭到尾全部看過一遍，可是他根本就沒有那個必要。會因為雙方無法溝通而受罪的，是海蘭這一邊。

催他看快點沒有用，嫌他慢而發火更是正中下懷。

要是待不下去憤而離席，他們可就額手稱慶了。這並不是交涉，因為大主教連聽都不想聽。海蘭曾說他坐上那張椅子靠的不是奉行神的教誨，而是世俗管道，可真是一點也沒錯。

原本就很安靜的辦公室，現在四處瀰漫著沉重的氣氛。海蘭仍保持貴族風範，一手放在桌上注視大主教，有如緊盯稍微閃神就會溜走的野鼠。

該怎麼才能打破這膠著狀態呢。我不認為大主教會真的讀完譯文，但此刻催他或走人都也沒用，完全動彈不得。

我忽然想起雷諾斯的失敗。雷諾斯的大主教會不會也是用這招擊敗海蘭的呢？在神學上，他是十足能和我來一場激烈的論戰，可是對於這世間的人心險惡，他其實也和我一樣不善於應付吧？

話雖如此，我也為同樣是什麼忙也幫不上而憤恨得焦躁難耐。

不知過了多少時間，辦公室外傳來鐘聲。那是教堂鐘樓打的午鐘吧。我因此注意到無論辦公室裡多麼膠著，外頭的人一樣是過著普通的生活，時間依然流動。海蘭會不會就是把機會賭在時間之流上呢。

假如到了深夜，那段粗鄙的暴力時間就會再度到來。酒醉男子給狗套上主教服冒瀆權威，看似知書達禮的商人也手裡拿著聖經譯本的一部分，嘴裡啃著雞腿咒罵教會。

即使沒有那些暴行，謄寫師傅依然在德堡商行會館抄寫譯文複本並發送出去。有良知的人讀過以後，馬上就會明白教會的蠻橫要求毫無根據，人們砸臭雞蛋的目標或許也會從後門換成正門。當人們為端正教會弊病而奮起時，海蘭就會十拿九穩地亮出武器談條件吧。

想到這裡，我也看出大主教那邊的企圖了。他或許打的是正好相反的主意。

根據繆里替商行打雜時得來的消息，那些胡鬧的底層民眾單純是為吵而吵。別說毫不關心信仰正當與否，甚至從來沒被什一稅壓榨過，胡鬧只是一時的流行。不難想像再沒有更大的爭端出現，他們的注意力就會轉移到其他事情上。

現在正步入乍暖還寒，一年中最忙碌的季節，從來到德堡商行陳情的民眾人數也能明顯看出這點。接下來有一連串春季慶典和教會儀式，而大主教身為管理那一切的宗教權威，多得是藉口把海蘭的談判往後延。

聖事就像鹽一樣，在季節變換、人生大事或日常生活中不可或缺。倘若海蘭為談判而干擾了聖事，恐怕會惹來反感。溫菲爾王國的人民會叫苦連天，就是因為那些聖事遭到全面停止長達三年，可見聖事在人們心中有多重要。

人民究竟會先發出抗議的怒吼，還是先回去關心眼前的生活呢。

在令人屏息的緊張氣氛中，我靜靜地想。這是攸關我未來如何看待這世界的戰役。至少我相信人們會認為對就是對，為正義挺身而出，海蘭應該也是。

於是，我向神祈禱。

然而祈禱侍奉神的大主教那邊想法才是錯誤，是一件正當的事嗎？彷彿天地倒轉的構圖使我略感暈眩。船夫說得沒錯，河不會一直線地流。

若說世道即是如此，那便是如此吧。突然感覺生活單純的紐希拉離我好遠。

就這樣，彷彿一刻刻消磨眾人身軀的時間，以慢得教人發痛的速度逐漸流逝。海蘭和大主教都不開口，所以也沒人提議午餐。再過一段時間，照進辦公室高高的天花板邊採光窗的陽光方向，已經和剛進門時相反了。

相信在場所有人的腰腿都痛得快受不了了吧。別說站著難受，坐著也一樣。在椅子上坐著不動對身體的負擔也相當大。年事已高的主教們都明顯疲憊不堪，而海蘭這邊含我在內則大多是年輕人。儘管守在主教背後的侍從也很年輕，但比起毅力應該是我們占上風。

繆里比較讓我放心不下，不過她的體力好到可以在山裡東奔西跑，看來還撐得住。一想到她說不定明天就不來了，就讓人有點想笑。

到了採光窗光線斜射、顏色漸濃，大家腦袋裡八成只想著「再撐一下，今天就快結束了」的時候，房中爆出一聲巨響——一位高齡主教撲倒在長桌上。

「主教大人！」

侍從們立刻衝過去扶走主教。辦公室門一開，滿房間的緊張也如河川潰堤般流了出去。

見狀，大主教從羊皮紙疊中抬起頭說：

「這樣就開不了會了。既然譯本我也還沒看完，明天再繼續吧。」

不僅是主教們為這話感到解脫，海蘭的隨從和我也明顯吐出鬱結在胸中的氣。

就在這時——

「不必。夜還很長，就等您看完吧。」

海蘭毅然決然地這麼說，使大主教臉色一僵，啞口無言。替他助陣的主教們也是一臉錯愕，紛紛對他投出求救的眼神。

海蘭這一步讓我相當佩服。他和其他嬌生慣養的貴族絕不一樣。

他一直在等待對方放鬆戒心的那一刻。

注視大主教的眼，也彷彿在告訴他「如果你想玩，我可以陪你玩到地獄去」，毫不退讓，大主教也是知道他的想法才會說不出話。

可是，底下那些主教們的體力和精神都確實瀕臨極限，更糟的是他們還一度以為今天終於結束了而放鬆，重新繃緊可是件困難至極的事。情勢明顯逆轉了。

說不定大主教是真的太小看海蘭，以為他不過是溫室裡長大的軟腳蝦。說起來，線條如女性般纖細的海蘭身上的確嗅不出一絲泥土味。然而他卻具有獵人般的耐性，以及商人般能夠算計對手的心機。

「唔……呃……」

儘管大主教冷汗涔涔地呻吟，不過他說不定也是適合揮舞權杖的人。

「說……說得也是。做事本來……就該有始有終。」

他以想咬人似的眼神瞪視海蘭，替自己圓場。準備同歸於盡的表情就是如此吧。主教們臉上充滿絕望，卻不敢忤逆大主教。

仔細打量過他們之後，海蘭說道：

「不過，先簡單吃點東西怎麼樣？」

那不是等於給對方恢復體力的機會嗎？但見到主教們的表情後，我便明白了他的用意。

他們的心情都顯然已傾向海蘭，而且像看見救世主一樣。

大主教發現自己中招之後不甘地點點頭。

「唔……那麼，就弄點麵包和飲料來吧。鎮上的攤子應該還沒收完。」

侍從們低頭領命，接連離開辦公室。海蘭轉向我並風涼地笑著說：

「你們也去幫忙。」

那擺明不是使喚，而是要我們舒展筋骨休息一下。

然而和他一起比體力的護衛們卻說：「恕屬下留下。」大概是因為主人正在咬牙挨鞭子，作屬下的豈有退縮的道理吧。

「那麼，留下的人就替大家準備餐具吧。」

從早就站在同一個地方沒動過，腰和腿好像不是自己的了。

繆里也站得四肢無力，用手撐著她細瘦的身體。

「妳還好嗎？」

「……好想泡溫泉。」

「我也是。」

繆里的玩笑令人會心一笑。到了辦公室外，每個人不是甩腿就是扭腰，共通的動作中沒有敵我之分。侍從和海蘭的隨從之間氣氛有些尷尬，但隱約也有種相憐之情。

然而雙方也不能就此勾肩搭背上街去，於是侍從走後門，海蘭的隨從走前側門，各自出外購物。我們也該買點自己的東西，不過繆里腳似乎很痛，便暫且到走廊角落休息片刻。

「真厲害。」

繆里坐在堆放於走廊邊的木箱上笑著說：

「那個金毛的個性真的很差。」

我不禁左右張望，幸好沒有任何人，在教堂裡忙碌幹活的助理主教們大概都到禮拜堂那作晚禱了。從繆里的語氣裡，能感到些許敬意。

好像在說「很行嘛你」一樣。

「如果坐在那裡的人是大哥哥，恐怕在那個老頭翻到第三張的時候就投降了吧。」

更別說是拉攏對方旗下主教們的心了，我根本沒那種能耐。

「真不曉得他們想搞什麼鬼。」

引起我注意的不是她尖酸的口吻，而是「他們」這用詞。

「他們？」

「老頭跟金毛兩邊啊。兩邊都有勝算嘛。」

「我也想過這件事。」

海蘭也許是在等待民眾群情激憤，而大主教則是等他們失去興趣吧。

聽我這麼說，繆里的白眼都快翻了兩圈。

「大哥哥就是這樣才不行啦。」

「不、不行是什麼意思啊？」

繆里一腳踩著木箱，下巴放在膝蓋上，像孩子王準備教訓隔壁村的小孩而解釋作戰計畫似的說：

「大哥哥弓術不錯又很固執，很適合在山裡走來走去，用弓箭獵鹿，可是比狩獵數目或設陷阱就不行了。」

還想說她怎麼亂扯別的，不過話倒是說得沒錯。我不時會拿弓上山獵鹿回來加菜，成效好到就連認識的獵人都會為我鼓掌。可是繆里上山打獵時，獵人卻會罵她破壞獵場，因為她抓的松鼠和兔子多到可以靠販賣毛皮過活。

「靠陷阱打獵，就是在比誰心機重啦。」

「比誰……心機重？」

「要設下很多陷阱，然後開出一點路，好讓獵物盡可能接近陷阱。」

在那方面，繆里高明得簡直是天才，我卻是差勁透頂，無論松鼠的通道或兔子的返巢路線都看不出來。對於俯瞰全局這種事，我怎麼樣也拿不出效率。

「因為大哥哥人太好又太老實了。」

繆里笑著說：

「而那個金毛呢，好像知道那個老頭完全不理人，所以應該已有所準備。他昨天不是被叫罵戰術打敗了嗎？像他這麼有獵人天分的人，一定不會只想走一步算一步，什麼都沒準備。」

「這麼說來……？」

繆里聳聳肩。

「他大概是知道可以徹底顛覆現況，讓那個老頭不得不讓步的狀況遲早會來，不會耍什麼小手段吧。而且那可能只是今天或明天的事。」

在這瞬間，我的記憶飛到了那個黑暗的夜。

「難道……不會吧？」

那場惡意滾滾的胡鬧不是自然產生的嗎？

海蘭真的會做那種藐視教會權威的事嗎？

繆里以哀傷的表情對震愕得說不出話的我說：

「不管大哥哥心腸再怎麼好，這個世界也不一定會好心對你喔。」

她這時的氛圍，和在世界地圖前紮辮子時如出一轍。

繆里當時要藏起獸耳、獸尾以及她的性別。無論她多麼興沖沖地想認識外面的世界，世界也一定會對她做出許多殘酷的事。

在許多年前，她還很小的時候就已經明白了這個道理。

「那個金毛應該就是知道這個鎮在幾天內會大亂，所以才那麼有自信。可是啊，大哥哥。」

繆里直視我的雙眼說：

「這樣事情就有點怪了。」

「怪？還有什麼……問題嗎……」

「大哥哥也知道吧？要激怒人很簡單，讓人冷靜下來卻非常難。」

繆里突然咧嘴賊笑，我也跟著無力地笑。因為我很清楚一旦繆里發起脾氣，要哄她開心有多累人。

「這……是沒錯。」

「我不認為那個老頭會沒有準備，他也一定有某些對策，可是完全看不出來。大哥哥的想法實在太悠哉了，就像魚鉤沒掛餌就想等魚自己眼花咬上來一樣。所以，他應該有辦法處理抓狂的人民。」

這麼說來，或許真是如此。

大主教和海蘭都背負著重責大任，沒時間悠哉度日。因此，雖然我不願相信海蘭真會推波助瀾，刻意製造那晚的黑暗氣氛，但在道理上說得通。那麼大主教呢？他又在等些什麼？

「只要知道大主教在打什麼主意就能幫上海蘭的忙了……」

「別想太多了，這本來就不是大哥哥會懂的事嘛。」

我不平地往繆里看，她隨即解釋：「我是在說你心腸太好。」但我高興不起來。就這樣挖苦一陣子後，繆里似乎腳已經不痛了而跳下木箱，牽起我的手。

「肚子餓了。」

「好好好。」

於是我們到廣場弄了點小吃，但覺得在辦公室吃容易噎到嗆到，便決定在教堂邊草草解決。望著熱鬧的廣場啃麵包，彷彿這世界都是如此地安康祥和。時間離黃昏還早，不過天空已紅成整片，鎮上漫起工作將盡的慵懶歡愉。性子急的攤販開始收拾，酒館也在填補門口燭台，準備火盆和長桌。

然而太陽一沉，鎮上氣氛也將隨之搖身一變。溫暖熱鬧的明朗白晝就此落幕，寒冷粗鄙、在篝火下蠢動的黑夜取而代之。

海蘭不會只因為天色暗了就撤退吧，勝負到入夜以後才開始。

「吃完了嗎？」

舔著拇指腹的繆里點點頭。

「要是不舒服，可以先偷溜出去。」

我姑且先這麼說，繆里卻神氣地聳聳她細瘦的肩。

「大哥哥也不要被人家的惡意撂倒喔？」

看這樣子，應該是沒問題吧。

我們就此返回教堂，助神傳達正確的教誨。

也許是休息和進食過後的緣故，辦公室的氣氛和緩多了。先前昏倒的高齡主教臉色仍不太好，但也已經就座，主教們背後的侍從幾乎到齊。發現自己是最後幾個，讓我有點慌。

但那種情緒，全在注意到大主教繼續翻閱羊皮紙後散得一乾二淨。真是奇妙的心境變化。

我當然沒傻到會以為他是受聖經教誨吸引而停不下手。他多半正在準備進行下一階段，以免這場殺力之戰讓那些既是部下又是同伴的主教們繼續倒向海蘭。

問題是，他究竟會出什麼招。

海蘭的計畫應是利用鎮民的不滿吧。我不想接受繆里的想法，當作那是海蘭直接煽動，但他有十足理由那麼作。當夜幕低垂，人們聚在廣場痛罵教會惡習的氛圍高漲起來，得讓步的就是大主教了。

那麼，大主教反擊的目標會是什麼呢？

無論如何，在場所有人肯定都想攻擊敵對陣營的不備之處。在牆上俯視這情境的天使們，不知作何感想。會覺得我現在想再多也無濟於事嗎？

思考當中，主教的侍從環視房間清點人數，最後過來關上辦公室的門，彷彿在阻止房內瘴氣外洩。

爾後沉默再度籠罩辦公室，大主教繼續翻閱譯文。看得出來他不只是用眼睛掃視，還一字一字仔細地讀。身為譯者，我看得緊張兮兮。他現在讀的是哪部分，對翻譯品質有何指教，我至今所學在世間是否管用？

這讓我發現，追求功名的想法實在是我心中難以抹滅的一部分。

而我也因此終於能稍微接觸到大主教他們不管別人罵得再難聽、行為偏離聖經教誨再遠，也要在這莊嚴的大教堂中死命緊抓特權的心情。

這時，大主教的眼忽然停在羊皮紙上某一點，而那當然不會是因為他聽見我的心思。他深感興趣般回到上一行，重讀一遍。

從他將那張紙傳給鄰座主教來看，那顯然不是單純爭取時間的舉動。且每個主教見到那部分也都瞠目結舌，傳給下一個主教。

到底是什麼讓他們那麼驚訝，讓我在意得不得了。

從剩餘紙疊的厚度來看，那是我翻譯的部分沒錯。

於是我挺高背桿向前傾，想看清他們傳閱的是哪一部分，並在終於見到桌面滑動的羊皮紙上的字時頭皮發麻。那的確是我的筆跡。有地位的人正在傳閱我文章的事實，讓我萬分激動。

可能是置身於無法言喻的興奮使我的腳不知不覺向前挪了吧，繆里拉住衣服制止我，海蘭稍微轉頭過來淺淺一笑。

彷彿在場所有人只有我是小孩。

不久，羊皮紙傳了一輪，回到大主教手上。

大主教將它整齊疊上其他羊皮紙，清咳一聲說：

「原來這就是街頭巷尾都在談論的聖經俗文譯本，真教人吃驚。」

辦公室所有人都曉得評語不會只有這麼一句。

海蘭恭敬地回答：

「這是為了讓世人盡可能多了解神的教誨，絕無鼓吹民眾造反之意。還望大主教成全。」

聽了海蘭的話，大主教緩緩點頭。

「話說，這是哪位翻譯的呀？應該是溫菲爾王國的知名神學家吧？」

剎那間，整頭未經修剪，只是綁成一束的頭髮全像繆里的尾巴那樣豎了起來。在桌面滑動的羊皮紙上無疑是我的筆跡、我翻譯的部分。

而大主教卻認為那是出自知名神學家之筆。

「不，大主教手上的部分，是這位年輕學者的作品。」

我隨海蘭介紹揚起視線，把背挺到不能再直。我怎麼也不敢承受那麼多主教們的視線，不過懸在牆上的教會徽記正好就在我視線彼端。宛如我自身所學能在這個傳播神諭的大家庭中產生些許意義，是受到了神的祝福。

「喔？這麼說來，請這位學者翻譯聖經的就是你了吧？」

「正是。我們溫菲爾王國並不妄圖獨占神的教誨，神也不樂見那種行為吧。」

如此先發制人的暗諷，卻被大主教輕描淡寫地卸轉。

「嗯。既然是海蘭殿下，亦即溫菲爾王國國王深思熟慮後的決定，那就沒辦法了。」

大主教話說得很感慨，但內容令人摸不著頭腦。

從斜後方所見的海蘭依然不改鎮定與從容神情，所以單純只是我不懂吧。

這時，大主教口中道出一句頗重的話。

「那麼海蘭殿下以及溫菲爾王國，就得為這份文書上的文字負責了，沒錯吧？」

風向不太對勁。

心裡閃過這感覺後，大主教將羊皮紙交給身後侍從，讓他送過來。

也許是大主教的行動過於出乎意料吧，海蘭表情有些疑惑。

就只有一種可能，會讓大主教說出那種話並送來羊皮紙。那份譯文純粹是我以自己的方式解讀聖經詞句，當然多的是討論空間。不過海蘭認為阿蒂夫的大主教恐怕根本不曾詳讀聖經，這樣的人不可能想找人辯論教理吧？

難道是出了明顯謬誤？不，我立刻屏棄這念頭。每句譯文我都反覆推敲了好幾次，而且就算我技不如人，也不會有那麼容易挑毛病的謬誤才對。

侍從終於將羊皮紙送到海蘭手上。近看起來，那果真是我熟悉的筆跡；內容也全是預言家讚美神的話語，應該沒有寓言或疑似隱喻的詞句等解釋空間大的部分。

海蘭似乎也一眼就看出羊皮紙上的譯文在聖經哪一章，沒多看就交給我。

「這裡怎麼了嗎？」

我接下羊皮紙，從頭逐字檢視，但看來看去還是沒錯。看著自己的譯文，書寫那部分時的興奮與喜悅，或是熬夜翻譯時的睡意和腰痛都一一浮現腦海。

但是，繆里卻突然扯了我衣服一把。

臉還貼近羊皮紙，但注意的不是字，而是紙本身。

「這個……」

幾乎就在繆里開口時，大主教也說話了：

「由下數來第四行，在聖經應該是對神再三讚頌，令人感動的一段話吧？」

由下數來第四行？

從上端讀起的我開始從下倒溯。

接著，不禁叫出聲音。

「咦？」

我感到海蘭轉過頭來，但無法應對。我無法相信自己的眼睛，雙腿發軟，一股嘔意湧上心頭。

這是怎麼回事？

「怎麼了，寇爾？」

我連移動視線都做不到。海蘭起身離席，抽走羊皮紙自己看。隨後全身一顫，猛然抬頭。在耗人心神，從早晨延續到傍晚的毅力競賽中眉也不皺一下的人物，現在竟如此震驚。

然而他看的不是我，而是大主教。

「難道……不，怎麼辦到的……」

這一句話拯救了我。對，怎麼辦到的？

這絕不是我譯錯，因為那讚美神的語句，居然變成了「神是豬，其教誨等同豬叫」。

「什麼難道不難道。那是他的筆跡，也就是那個年輕學僧在你的庇護下寫出來的。」

聽了大主教的話，海蘭再度表情懊喪地低頭看羊皮紙。筆跡確實一致。

全是完美得可怕的，我的字。

簡直是那晚惡魔潛入房間，讓我寫下這段話。

但就在這時——

「大哥哥，有師傅的味道。」

繆里的低語使我明白了一切。

替我謄寫複本的師傅共有三位，而其中一人儘管不識字，與其他人相比卻是技術較好的一方。為什麼？因為文字也是某種圖畫，只要能正確照抄就能勝任。

而能夠正確照抄的人，只要改變幾個字詞的排列就能偽造任何文章，把狐狸藏進羊皮底下。

有人潛入過我們的房間，設下這一切。繆里的警告應驗了。

若有立刻認真檢查譯文不就沒事了嗎？我後悔莫及。

「寇爾，真正可惡的是耍骯髒手段的人。」

這時，海蘭對我這麼說，並在我注視他時用力頷首。

「而且，那可能是趁剛剛休息時調包的，這樣就防不了了。」

的確，若是昨天調的包，仍可能被我發現。這麼說來，或許海蘭的假設才是實情。

儘管胸中仍苦不堪言，經過海蘭的安慰，我已有思考的心力。無論如何，現在不是自責的時候。

就事論事吧。我們是中了陷阱沒錯，可是造這麼明顯的假有什麼用？由於對方十足有偽造的技術，可以想見這將成為各說各話的無謂爭論。再說那句話實在是太刻意了。

這會是為了進一步爭取時間嗎？要是讓鎮民知道我們為這種事情爭論不休該怎麼辦？民眾不會認為海蘭和他部下發瘋亂寫，而是會覺得大主教用了下流手段吧？

怎麼想都只有反效果。

假如那能有任何效果，那會是……

想到那會是什麼時，我背脊全涼了。

「寫出並持有這種言詞的人——」

大主教說道：

「當然就是異端沒錯了吧？」

「這太武斷了！」

海蘭大喊的同時，辦公室的門猛然掀開。

門外是滿滿的阿蒂夫士兵。

「不許動！我現在以散布異端文宣，以及製作禁書等罪嫌拘捕你們！」

「豈有此理！」

海蘭的護衛們彷彿將這一吼視為號令，手全扶上了劍柄。沒有拔劍，是由於在神聖的教堂內拔劍的當下就會成為反賊。

異端嫌疑。

即使大主教掀牌了，這仍有些費解之處。鎮上的士兵應該只受命於市政參議會，而阿蒂夫是自治都市，參議院是由當地士紳或大商人組成，他們的想法不是傾向海蘭嗎？

若不是海蘭自己誤會，一定有其他原因造成這個狀況。

而這個原因大步一跨，從士兵之間現身了。

「你、你是……」

海蘭倒抽一口氣，我也懷疑起自己的眼睛。主教和大主教同時起立，手按胸口向神致敬。走出士兵行列的是一名壯年男子，身穿純白聖袍，其上有蠟染的鮮紅教會徽記，十分亮眼。穿上這身服裝的人享有安全通行各國領地的權力，且不受任何法律約束。

天底下能約束他的就只有一樣東西，那就是神的教誨。

因為他是神在人間的代理人，受教宗全權委任行走世界的教宗敕使。

「奉教宗之名在此宣告。」

敕使以沉重且不由分說的獨特語調這麼說之後，揭開一張羊皮紙。

「溫菲爾王國所提倡之思想，是為異端；以非神賜語言所著卻冒名聖經之書刊，皆為禁書。

第一一七代教宗　艾因梅爾．迪袞十七世親筆。」

隔著這樣的距離，看不清羊皮紙上蠟印是否為真。

然而，大主教若是找人冒充教宗敕使頒布假詔書，該上異端法庭的就換成他了。

所以那是真的。

「奉神之名，將海蘭一干人等全都抓起來。」

士兵們立刻湧入辦公室。護衛們放低重心準備迎擊，卻被海蘭出手制止。他不得不這麼做，畢竟對方人多勢眾，且一旦戰敗，還不曉得會被冠上什麼樣的汙名。鮮血比任何證據都更有力。

而且海蘭也已經從拿著繩索走近的士兵表情，機警地看出情勢沒那麼糟吧。他們心情上也是站在海蘭那邊，只是因為教宗敕使的出現而不得不從罷了。

那麼事情仍有轉機。

為了那一刻，必須保持清白。

「神永遠是正義的一方。」

遭拘捕而被帶出辦公室之際，海蘭對大主教留下這句話。大主教神色緊繃地別開眼睛，並旋

即換上滿臉奉承的笑轉向敕使。

我們就這麼被帶出後門，分別押進馬車。

不在正門押人，是因為太過招搖有引發眾怒之虞吧。

爾後，馬車在這小鎮裡走了一段相當長的距離。或許是因為繆里一直緊依著我，不掩同情的士兵們好心讓我們倆上了同一輛馬車。我很想握手道謝，可惜手綁在背後。

馬車喀啦喀啦地繼續前進，可以感覺到途中離開石板地，駛上夯實過的沙土路。等到終於下車，發現周圍是田畝或果園般的農地。

「這裡是……城外？」

繆里輕聲問道。人被逮後帶到杳無人煙的地方，會聯想到的只有一件事，而且一旁也印證我想法似的有翻過的土。

不過壓下急促心跳左右看看後，我在林子後邊發現城牆。再怎麼樣，也不會沒出城就急著處刑吧。

「跟我來。」

士兵拉動繩索，帶我們繞過馬車後，我才真正鬆了口氣。

出現在我們面前的，是一棟常見於田野間，地方士紳會當別墅用的大農莊。

第四幕

「別輕舉妄動，乖乖等通知。」

進了農莊，海蘭的護衛被帶到地下室，我、繆里、海蘭和他身邊那幾個文官則是上了樓，並在路上被各自帶開。也許是繆里喊我「大哥哥」被士兵聽見的緣故，我們很幸運地關進同一間房，她會是故意的嗎？

總之士兵解開縛繩後，帶我們進了一間如同旅舍般的簡樸房間。裡頭沒有任何裝飾，就只有一張床、一式桌椅。開門時，繆里明顯覺得掃興。大概她想像中的是滴著水，有老鼠跑來跑去的石牆地牢。

「他們大概以為我們身分不低，才會有這樣的待遇。」

我搓搓重獲自由的手腕打開木窗，窗口設了堅固的鐵柵，遠遠可以望見成列的高樓和教堂鐘塔。會覺得很遠，除了夕陽令人抓不準距離外，多半是因為情緒的緣故。我試著想像鎮民得知我們被捕而義憤填膺地大舉湧入教堂的情境，可惜現實不太可能那麼美好。

我搖搖窗口鐵柵，動也不動。房門也不是普通的門，做成柵欄狀且以厚實的鐵鉸鍊牢牢固定。那是用來防止開門時遭受偷襲，並降低囚犯在房裡搞鬼的可能吧。

我在牆上尋找祕密出口時，發現許多以尖銳物體刻下的字：我團旌旗永遠飄揚、英靈啊請為我們呼喊正義、早知道就殺了那個部下……可以看出這間房間是專門用來囚禁身分較高的人，而且很多年了。

「有師傅背叛我們了吧。」

繆里也搓著手腕說。

「對不起，白費了妳的警告。」

「我是很想說『你看吧』，可是那個金毛講的也有道理，我們根本拿他沒辦法。」

剛好倒楣的是自己而已。

「大哥哥，我們以後會怎麼樣？」

繆里表情不安地低聲問道，但口氣聽起來像在演戲。說不定是想起了以前聽過的冒險故事某個橋段。

「即使教宗下了宣告異端的敕令，應該也不會馬上就被抓去砍頭，得先讓異端審訊官問過話。」

「啊，我有聽過。就是會把人說成魔女，拿去放火燒的人對不對？」

是跟溫泉旅館的客人聽來的吧。

「他們沒有街頭巷尾流傳的那麼野蠻啦。再說，那牽扯到海蘭殿下呢。」

現在冷靜想想，我實在不太能相信教宗會下那種敕令。我印象中，遭定為異端的集團都是更為巨大，足堪一方之霸的勢力，而且拒絕接受教會的交涉或勸服，到處胡作非為才有可能。在歷史上，認定及討伐異端也大多是用來壓制農民起義的藉口。今天這件事，是源自於溫菲爾王國與教宗持續談判三年未果，各方王侯都在關注情勢將如何發展。假如動作太大，教宗方遭受同等反彈的危險想必也一樣地大。

海蘭只是代表王國來阿蒂夫交涉，若以異端之嫌逮捕他，等於是和溫菲爾王國正面宣戰。

因此，這依然有可能是大主教所策劃的極度危險鬧劇。

「只是無論如何，我們都得設法改變這個情勢。如果教宗敕使是真的，海蘭殿下的計畫就泡湯了。噢，神啊……」

我開始滿房間地來回踱步想辦法，而坐在床上的繆里很受不了地開口了。

「大哥哥，要先顧好自己才有辦法救人吧？」

「話是這麼說沒錯啦……」

「所以你想怎麼逃出去？趁夜摸黑？還是把士兵都打趴？」

繆里興奮得耳朵尾巴都跑出來晃來晃去。雖然那或許是不安的反動，不過我想她多半是在溫泉旅館聽太多故事，把現實跟虛構搞混了。

然而，我們的確是必須突破目前的困境。眼下的有力管道只有德堡商行一個，那麼該如何與他們取得聯繫呢。想到這裡，走廊傳來某扇柵門開啟的聲響，接著是幾組腳步聲，且愈來愈近。

應該是其他牢房裡的人被帶出來了吧。

我盯著走廊屏息以待，最後是海蘭在前後士兵看守下經過我門前。那雙綁在身前的手看得我也疼了。

「嗯？喂，先等等。」

海蘭也發現我，對士兵們那麼說。

而士兵們竟也就此稍停，若無其事地走了。

「我們還有很多同伴，別放棄得太早。」

海蘭隔著柵門笑，但那笑容相當短暫。

「連累了你，真的很抱歉。」

「別這麼說。先談正事吧，這究竟是怎麼回事？我不太相信那是真的敕令，會是大主教在演戲吧？」

「我也很希望是這樣，可是聽士兵們的說法，那恐怕是真的。敕使是在我們休息的不久之前搭船抵達，並緊急召開市議會，後來就是那樣了。大主教應該事先就知道教宗敕使會送敕令過來，所以用那種方式爭取時間吧。」

「可、可是，教宗逮捕您不就等於……」

「對，看來他真的想和我國開戰。接下來，他會設法逼我說出我在大陸這邊找了哪些幫手吧。」

海蘭在表情茫然的我面前閉上雙眼。會是我多心嗎，那看起來不像害怕拷問，而是慚愧不堪、受良心苛責的表現。

「其實我沒有全然對你坦白。」

說完這句話時，他凝視著我的眼。不知是出於貴族的原則，抑或海蘭本身個性就是如此。

「我們的最終目的，是創立新教會。」

「這是在胡說什麼」的想法，只存在於我腦中一瞬間。溫菲爾王國已遭禁行聖事長達三年，這期間不曉得有多少人盼不到聖職人員替他們接引神的憐愛。

同時這一句話，也讓我明白教宗為何會那樣行動。假如放任溫菲爾王國那麼大的國家創立自己的教會，不難想像會有地方跟進。

以教宗角度而言，只能先發制人。

「不知道這件事是從哪裡洩漏給教宗知道。目前不幸中的大幸是對方先動手，給了我們正當理由全面反抗。」

海蘭這麼說之後，徐徐跪下一膝垂首說道：

「對不起，我一直瞞著你。教宗派來交涉的幾個樞機主教現在都還在我國，所以我們以為他們離開之前絕對不會有動作，這件事還要再一陣子才會浮上檯面。現在想想，那說不定就是為了要讓我們掉以輕心……」

王國是被蜘蛛般蠢動的謀略給網住了吧。

「而且，我們也不確定你究竟會對我們的理念贊同多少，實在不敢說出口。弄得好像在騙你一樣，我在此向你鄭重道歉。」

如果此刻在門外的是溫泉旅館老闆，前旅行商人羅倫斯，心裡想的可能是假如下跪道歉就能了事，要幾次我都跪，這是商人的矜持。可是海蘭是有王室血脈的人，那樣的人不可能為演戲下跪低頭。

「快請起啊，海蘭殿下。我也知道幫這種忙本來就有風險，所以先別自責，快來想想怎麼扭轉局勢吧。」

海蘭依然無動於衷，好一會兒後才抬頭。

「關於這點，我有一個請求。」

「請求？」

「對。不過說出來，恐怕真的會被旁邊那位小姐咬一口。」

我隨海蘭疲憊的笑容轉頭，發現繆里正惡狠狠地瞪著他，就像瞪那個想帶我開房間的少女那麼兇。

繆里自始至終都不信任海蘭，認為他一定有所隱瞞。

但雖然事實驗證了繆里的想法，就海蘭的立場而言，那也不是無法諒解的事。我終究只是個在紐希拉溫泉旅館做事的男工，不可能剛認識就什麼祕密都告訴我。

「可是在那之前，我必須跟你確認清楚。現在事情已經和我在紐希拉講的不同，不只是不滿於教宗的行為而已。你幫助我，就等於是幫助溫菲爾王國，你懂這代表什麼嗎？」

也就是並非批評教宗那麼簡單，而是實際與教宗權威敵對。

教宗是神在人間的代言人，教宗所統領的教會，目的在於教導人民何謂人世的正義基準；但其中也的確藏汙納垢，有明顯的矛盾、腐敗和惡弊。儘管如此，人們依然日復一日地上教堂禮拜、捐獻、尊敬聖職人員。而這樣的情形，已經綿延了千年之久。

如此堅牢的教會世界不斷擴張，在數十年前與北方異教徒爆發長期的劇烈抗爭。雖然最後是不了了之，仍是以堪稱教會得勝的結局落幕了。

過程中，有許多國家滅亡，無數地方大老遭到放逐。

而溫菲爾王國要和這麼巨大的機構抗戰。

「這場戰鬥不僅危險，時間恐怕會拖得很長，戰況也更加激烈。可是，我希望你試著想像一下。」

「想……像？」

「對。我們要親手成立新的教會，聖職人員會以譯為俗文、大多數人都看得懂的聖經為規範治理的教會。如此一來，不法情事和陋習都會大幅減少吧。過去我們視而不見的事，可以就此一掃而空。這就是我為什麼選擇了你，而不找溫泉裡那些像煮過頭的蕪菁的高階聖職人員。因為我們要建立一個新世界，沒有欺瞞或虛假的世界。」

旁人聽了，或許會說他根本在說夢話。

可是，聖經上已有先例。創立現在這個教會的預言家，也是在規模更甚當今教會，充滿歪曲教義的異教之地興起的。

「而且，這不單純只是理想。一旦開戰，我們有很高的勝算。」

海蘭看看左右，湊近柵門竊聲說道：

「溫菲爾王國是島國，而教會就連派軍到沒隔海的北方都有問題了，更何況我們還有豐富的漁場和造船技術。教宗會這麼快就行動，就是怕我們做好萬全準備吧。」

光是見到堆在阿蒂夫港邊的魚山就能明白他的意思。那些北海捕得的魚，就算送上深遠內陸每張餐桌都還有剩，表示這不是被逼急了才做的困獸之鬥，他的話的確有說服力。

萬事俱備。

只待奮起之時。

「寇爾，我需要你的力量。」

海蘭接著說：

「而我是有恩必報的人。相信新的教會裡，會有你的一席之地。」

也就是想在新教會創立之際替我留個位子吧。即使嘴裂了，我也不敢說自己完全不想要。若能躋身於司牧之列，就會有力量拯救更多的人。

再者，海蘭——或者說溫菲爾王國想創立新教會這件事本身比地位更具魅力。假如真能實現，必定能將神正確的教誨散播給更多人。

只是有一點讓我很掛意。

「海蘭殿下，有件事我想先知道。」

「什麼事？」

就某方面而言，這問題也許會辜負海蘭對我的好意。

可是教會存在了那麼久時間，要單純翻轉人們對它的觀感可沒那麼容易。

「新教會會以打倒既有教會為目標嗎？」

教會是積惡已久沒錯，但也有好的一面。我不想打垮教會，只想扶正歪曲的梁柱而已。

「我不想那麼做。假如我們創立了新教會，現在這教會的想法也會有所改變吧。若不這麼做，恐怕教會永遠是一成不變。」

海蘭眼中的種種情緒裡，就連一絲憤怒也沒有。

在這一刻，我腦中浮現大主教奉承教宗敕使的笑臉。

世界沒有那麼容易改變。

「當然，我希望這個變化可以造就一個人民能依自身喜好選擇新舊教會的社會。」

「……聽起來，好像您認為現實不太可能自然那樣發展。」

「畢竟那本質還是政治，不完全是信仰問題。因此，我們必須盡全力讓局勢往我們期盼的方向走，非得有人挺身而出不可。」

海蘭的目光筆直射穿了我。

路途必然艱險。

但我是曾經不顧艱險離鄉背井的人。

我想起自己感到這世界確實有些事物值得相信的那當下。

「那麼，我能幫些什麼忙？」

就在我這麼說之後。

「不行。」

在一旁默默聽我們說話的繆里突然開口。

接著擠進我和海蘭之間，用力把我往後推。

「不行，我們不幫。大哥哥才不要幫你咧。」

「繆、繆里？」

我慌忙踏穩腳步，好不容易才抱住她。

好大的力氣，她是認真的。

「妳不要太過分……」

「沒關係，這位小姐也有權表達意見。」

有那麼一瞬，我居然沒聽出是誰說的話。繆里背後，海蘭微笑著說：

「我不想再用欺瞞或威脅的方式要求別人和我結盟了。那種事，我在宮廷已嘗過太多。」

那笑容溫柔得宛如女性，眼神卻冷得像玻璃。

「和我沒有血緣關係的兄弟多得不計其數，但其中和我交好，或是懂得為他人著想的人不是死了就是遭到放逐，剩下的全是比蟑螂還耐打的人。」

據說貴族社會中，從出生就得面臨以血洗血的骨肉相爭，永無寧日。若牽扯到王位繼承權，那更是腥風血雨。從海蘭眼中感受到那全是事實時，我似乎能夠明白海蘭為何會擁有那般深厚的神學知識。那絕不是臨時所學，他平時就需要神的教誨來治療靈魂的傷痛和飢渴。

同時，我也發現他為何一再用甜點且好聲好氣地安撫態度差勁的繆里。

「我尋求神的撫慰，有我自己的理由。就像妳阻止兄長一樣。」

「……」

繆里不再推我，沉默如冰。難道海蘭看出她為什麼會有這些舉動了嗎？

海蘭大概是覺得時間差不多了，看看走廊並起身匆匆說道：

「寇爾，德堡商行應該會來救你們，麻煩到時候也想想怎麼救我出去。教會肯定會拿我作人質，使溫菲爾王國戰況陷入不利；而且少了我這邊把關，新教會創立時恐怕會有些不肖分子趁虛而入而走偏。」

奇怪了，海蘭好歹也是具有王室血統的人，利用權勢的管道應該多得是才對。

再說德堡商行怎麼會先救我們，而不是海蘭呢？才剛有此疑問，海蘭就回答了。

「德堡商行不會無條件幫助我，他們的眼無時無刻都盯著利益的天平。」

連結海蘭和德堡商行的，是利益。當溫菲爾王國和教宗的紛爭獲得有利結果，德堡商行就能得到交易特權，所以是有利可圖才選擇協助，僅止於利益關係。反過來說，一旦被教宗視為異端，遭市議會逮捕，想請商行救人就得付出代價。

「那、那麼王國那邊——」

海蘭柔柔一笑，制止我繼續說下去。

「我那些親戚更不能靠。讓他們知道了，反而會被暗殺。」

竟然有這種事。

「與其跟教宗談條件救回我這個人質，他們一定寧願把我塑造成新教會第一個殉教徒，並為這個能讓宮廷裡少一個敵人，又能兼得人民支持的一石二鳥之計而雀躍。所以，我只能把保險放在你們身上。你們和德堡商行的關係不只是深，還超越了利益的天平。」

在這一刻，我終於察覺海蘭拉我離開紐希拉的最大原因。

海蘭與德堡商行是以利益相連結，但我們可說是德堡商行大功臣的家人，且受到相應的禮遇。因此敏銳的海蘭就是看出一旦出了事，商行很可能願意不計成本幫助我們，在紐希拉就盤算好了吧。而且自己遭遇危險時也能透過我們搬救兵。

對他算計之深，我並不憤怒，也不為自己遭到利用而失望。

因為海蘭的面容愁苦，甚至帶點懊喪。

海蘭說，親戚全不能靠。他明明是在這個近到天氣晴朗時登上教堂鐘塔，還能隱約望見故鄉的濱海城鎮為故鄉而戰。

他似乎沒有更多話要說，斷卻某些念頭般迅速站起，我還來不及道別他就走了，士兵們也急忙跟上。

太多思緒湧進我腦中，脹得頭都要裂了。待在紐希拉時作夢也想不到的難題堆在眼前，老實說，我實在不曉得該從哪著手才行。

然而，我好歹也在能夠果敢面對任何難題的旅行商人身邊跟了十多年。

於是開始思考羅倫斯會怎麼做。

無論如何，我都得處理眼前的問題。

「繆里。」

她不知被海蘭看穿了什麼，中了魔法般悶不吭聲。想必她也和海蘭一樣，有事情瞞著我。

繆里經我一喊才回神，倉皇後退。她像是嚇了一大跳，失去平衡而跌跤，背撞上柵門發出好大聲響。

我連忙上前扶人，卻被她的眼睛瞪住。

假如那是充滿敵意的尖銳眼神，我還能面對。

但那雙眼卻紅得彷彿隨時要哭。

「你、你真的要幫那個金毛嗎？」

第一眼以為她在假哭，是因為不曉得被她騙過多少次。但我畢竟也是從她呱呱墜地就陪伴到此時此刻的人，看得出她是否認真。

現在頭痛，就是因為她非常認真。

「繆里。」

我再一次喚她名字，嘆口氣蹲下。好久沒把視線降得和她一樣高了。以前她哭鬧不休時，我都是這樣安撫她。

「雖然妳頑皮得不得了，可是赫蘿小姐給妳生了一個好頭腦，也懂得察言觀色。我也知道，妳是一個很好心的女孩子。妳是知道海蘭現在是什麼立場才說不想幫他的嗎？還是妳覺得他剛說的那些也是在騙我？」

平時的好勝不知藏哪去了，繆里顯得十分慌張。感覺再推一把就要掉淚，連頭髮都沙沙蠢動起來。

「繆里，耳朵。」

她不只急忙按住頭，還彎下了腰，想就此躲到沒人看見的地方般蜷成一團。我知道她激動成這樣不會沒有理由，但完全想像不來。

不過，我也早就習慣應付這個不回我問題，也不曉得為何不理我的麻煩鬼。而且，繆里和無法捉摸的神不同，人就在這裡。

「妳從海蘭殿下到我們溫泉旅館來之後，一直都是這個樣子嘛。」

繆里像是受了家法伺候，縮得更小。

「一開始，我還以為是我忙著招呼海蘭殿下而冷落了妳，所以在生我的氣。」

繆里的臉已經縮得完全看不見了。

「可是到這種時候還在生氣，可就不是一時不高興了，對不對？」

背後一定有樹根那樣深入的原因。

「那是值得妳見死不救，甚至把崇高理想一腳踢開的事嗎？」

從繆里的神情看來，她心裡也很難受、迷惘。儘管如此，她依然不願讓我協助海蘭。

於是，雖然我不願意對繆里這麼說，但也沒其他辦法了。

「妳為什麼要妨礙我的夢想呢？」

繆里的表情，有如我從她抱頭的手臂縫隙間用矛刺下去一樣。她瞪大眼睛，身體繃得像無路可逃的獵物，嘴抿成一線。直到身體縮到快要消失不見，才終於卸下最後的防備。

隨之出現的，是一雙惱怒的眼。

「既然你……既然你這麼想知道，那我真的要說嘍……可以嗎？」

我沒想到會遭受反擊，有點不知所措。繆里抱頭保護自己的手一反前態，彷彿在壓抑心中湧出的情緒。

我可以理解繆里最後會哭著解釋，告訴我為何那麼做，也能想像自己靜靜地聽，柔聲勸導的模樣。但萬萬想不到，她放下矜持後竟然是威脅我。

我腦子發白地傻了一會兒後，繆里繼續強調：

「說了以後你絕對絕對會很煩惱，可以嗎？」

繆里那麼古靈精怪，會是在耍小聰明嗎？用齜牙咧嘴的樣子嚇退我？

現在處境已經夠窘迫了，還會有更令我煩惱的事嗎？海蘭被逮為人質，教宗將聖經譯本列為禁書，我們人在牢裡。若不設法轉圜，神的教誨會被繼續扭曲下去，就連能否活著回紐希拉都成問題。

不過，我看不出繆里與我對峙的表情有任何虛假，她很確定自己在說些什麼。且放下了抱頭的手，喘得肩膀上下擺動；紋風不動瞪著我的眼裡全是怒火，彷彿在說「全都是你的錯」。

在辦公室裡嘗了一整天的沉默流過我倆。

最後是繆里的牙撕裂了它。

「我不想……讓大哥哥……更煩惱。」

繆里的語氣，僵硬到似乎不說得那麼慢就不曉得會有什麼東西從喉嚨裡溜出來。

「可是就算是我……也有不想退讓的事。」

平時算不上謙虛的繆里都刻意這麼說了，絕對就是如此吧。

可是我也不能一直和她這樣瞪下去。無論是為了我的夢想還是海蘭，以及渴求神助的人們，我都必須儘快解救海蘭。

於是我深深吸氣，說道：

「妳就說吧。」

接下來補充的，是我以繆里兄長角度所說的自負之詞。

「讓我煩惱也沒關係，我一樣會設法解決。」

沙沙沙，繆里的頭髮晃動起來。

出聲之前，我僅由口部動作就看出她在說「笨蛋」。

「幫了那個金毛的話，你就會變成聖職人員吧？」

「沒錯。妳先前也為這件事生過氣，這到底……不會吧？」

我赫然察覺。

「難道妳認為我成為聖職人員以後，就會變成『惡魔附身者』的敵人嗎？」

聖經中有許多預言家對抗惡魔的故事。可是我不是說過了嗎，不管發生什麼事，至少我會永遠站在她那邊。

「我不是那麼不講理的人。況且世界萬物都是由神所創造，那麼所有生命都應該是在神的愛——」

「不對，完全不對，我才不管那種東西咧。要是、要是大哥哥變成聖職人員以後……」

繆里氣得眼角泛淚，耳朵尾巴也都跑出來，說：

「不就不能……了嗎？」

「咦？」

「結婚啦！那樣不就不能結婚了嗎！」

這一喊把我腦裡的一切都喊飛了。

「……呃……咦？」

我錯愕得不能自已，慌亂地問：

「我？……跟誰？」

我找不到任何言詞能描述繆里這一刻的表情。

大概繆里自己也不曉得怎麼辦吧。

不過她比我還冷靜，往門外看兩眼後用力擦了擦臉，彷彿把熱和不滿一起搓上臉後對我大罵：

「看吧！所以我才不想說嘛！」

這回她不是抱頭，而是抱起腿轉向一邊。噘唇嘟嘴，尾巴啪啪啪地拍響地板。然而，我依然發現她滿臉通紅不只是因為生氣，更是因為羞到極點的緣故。同時，也發現自己有多蠢。

「那個……」

「怎樣啦！」

她現在就像燒紅的石頭，碰都碰不得。

我知道自己用詞得非常小心，但就是完全不曉得該從哪裡開口。

「妳、妳真……喔不。那個，已經……多久了？」

本能告訴我，要是問「真的嗎？」，她搞不好會咬斷我的喉管。

於是在釀成大錯之前改了口。

「……不知道。」

她好像還把嘴壓在膝頭上補聲「誰會記得啊，白痴。」

我當然知道繆里喜歡我，親到連父親羅倫斯都不時會抗議。我也覺得她很可愛，有目共睹地疼她，但我從來不曾將她視為對象。

然而這倒是解釋了很多事——為何她那麼愛拿我的禁慾之誓挖苦做文章、為何肯忍耐刺鼻臭味躲在木桶裡，以及她為何這麼堅持要和我出來旅行。難怪她會那麼敵視海蘭，因為海蘭是來自外界，要把我帶到遙遠世界的人。

繆里的警告也沒錯。若要成就夢想，就無法接受繆里的感情，同時我也不願傷害繆里。夾在這兩個事實間，我實在動彈不得。

虧我還說了那種自以為是的話，真是丟臉到家了。現在遇上這種私人問題，我實在不能一句兒女私情豈能與國家大事相比就置之不理。繆里是拿自己的戀情對抗海蘭的大義，我能理解她的心情，也認為兩邊顯然對等。

那我該如何在這對等的天平間作選擇呢？回到這個問題時，我發現心中毫無頭緒。神學的議論中，甚至有針頭上有幾個天使在跳舞之類形而上的問題，會讓人想到發暈。可是誰喜歡誰這種平庸至極的問題，卻比那要難得多了。繆里說我只看見世界的四分之一，還真是中肯得可怕。

但光是知道這些也沒用。對於如何回答，我頂多只能想到請她去找更好的人，快把我這窩囊廢忘了。

而我自己也曉得，說這種話到底有多窩囊。

「唉。」

繆里似乎看透了我胸中的煩悶，大大地嘆氣。

接著，這個年紀約只有我一半的女孩側眼瞪了過來。

「不用想了啦。我知道我對你來說就跟山上鑽來鑽去的貂差不多。」

長相可愛動作機敏，還會溜進糧倉大搬家的貂的確和繆里很像。

「不過要是不說出來，你恐怕永遠不會發現，所以也沒白說吧。如果要幫那個金毛，你應該會說戰爭很危險什麼什麼的就留下我，自己一個人跑去溫菲爾王國吧？」

繆里迅速摸摸摸頭藏起耳朵尾巴，站起身來。

我可敷衍不了她。照理來說，我是不該帶她去溫菲爾王國。一旦開戰，大陸海岸線就會遭到封鎖，無法想像戰敗的下場有多糟。

「是、是沒錯啦。」

聰明的繆里斜眼看著我，哼了一聲。

「反正我就是喜歡大哥哥啦！笨蛋！」

就只有這句話有與她年齡相符的稚氣，特別可愛。

「所以咧，你想怎麼辦？」

繆里不只睡得快，情緒也變得很快。可能是知道這樣僵持下去也得不到任何結論吧。如同我從她還是個小寶寶就認識她，她也是打從出生就天天看著我。

可是，我感到我倆之間多了一道薄膜般的東西。

她的聲音、動作甚至體溫等真正重要的事物，全都隔了一層膜。

為此覺得悲哀，是種自私的想法。

人生就是旅程，而旅程是接連不斷的邂逅與別離。

「那個……海蘭殿下說，德堡商行的史帝芬先生會來找我們。到時候，我們只能想辦法和他談條件了吧。」

「你有自信啊？」

繆里冷冷地問，但說不定比含著熱淚好。

「沒有。德堡商行是商人集團，如果我們拿不出好處，他們也不會想談吧。」

「如果說不幫那個金毛就死給他看呢？」

「我也只能想出這種辦法，可是真的死得了嗎？我聽說咬舌能自盡只是迷信耶。」

身上也沒有短劍等利器。

「……話說回來，我也不想為了那個金毛自殺。」

「可想而知，史帝芬先生也猜得到我們會想救海蘭殿下吧。就算我們頑強抵抗，他們也會把我們塞進麻袋搬回紐希拉，而這樣也夠仁至義盡了。所以一定要、一定要想個他拒絕不了的方法才行。」

德堡商行是追求利益的組織，想也知道跟他們談信仰和良心不具意義。

相反地，談起得失就一定會上鉤。他們就只有這點老實。

問題是，我當然沒有生意可談，也沒有財產。

不像有計可施。

「神啊……」

我緊握懸於頸下的教會徽記，呻吟似的祈禱，繆里面無表情地注視著我。要是在這裡埋怨神，以後可就沒資格談什麼信仰了。

於是我大口換氣清新腦袋，重新檢討所有可能。就在這時——

「只是救那個金毛出去的話，我是可以救啦。」

繆里面無表情地這麼說。

「……怎麼救？」

她嘆口氣，伸手進領口掏了幾下，拉出繫上細繩的小袋子。

那是她母親赫蘿交給她的，裡頭裝的是麥子。

「我不是說過只要有這個，就能在緊要關頭保護你嗎？」

「難道……」

繆里的母親赫蘿是寄宿於麥子的狼之化身，能在少女與巨狼兩種姿態間自由變換。但就我所知，繆里變不了狼。

見到我詫異的眼神，繆里極為不願地說：

「我練到都快吐了……要是變不好，娘都會臭罵我一頓。」

據說獅子為了磨練幼獅，會把幼獅推下千仞之谷。

說不定狼亦是如此。

「可是，我不管做什麼都是為了保護你，不是為了那個金毛。記住喔？我是為了實現你的夢想才做的。像你這種人，一旦夢想破滅了絕對會沮喪憔悴到讓人看不下去。紐希拉那麼小，要是有一個那麼陰沉的人到處晃來晃去，誰也受不了。倒不如讓你去追夢，眼不見為淨比較好。懂嗎？」

繆里雖然說得一口賣人情的話，在我看來卻是拚命在說服自己。我想，愛作夢的繆里一定很不願意在這種事情上使出祕密武器吧。在她的想像裡，肯定是用在我們性命更加垂危，或是屠龍騎士救出受困公主的那一刻趕到他們身邊之類的場面上。

儘管如此，道具就在她手裡。只要能為我開一扇門，她就會傾力相助。

沒有其他事物，比這更讓我感受到繆里多年來的感情。

繆里堅強地鼓起力氣，彷彿在忍耐些什麼。我注視她的紅眼睛，說：

「我知道。繆里，真的……真的很感謝妳。」

她聽了表情更加苦澀，甩頭轉向一邊。

「現在愛上我……還來得及喔？」

但還是偷瞄了我幾眼，不曉得是認真還是玩笑話。大概兩者皆是，而我也只能當玩笑話。

「我倒是刮目相看了。雖然妳那麼任性，但仍是個熱心助人的好孩子！」

「是怎樣！」

繆里的表情明顯惱怒，哀傷也全寫在臉上，可是耳朵尾巴沒有露出來。表示她心裡已經看開了。

而我也非得放下不可。

「可是，變身成狼逃出去之後該怎麼辦？大家一起用跑的嗎？我不像娘那樣可以背著人跑喔。」

看來她不能變成足以生吞人的巨狼。最安全的是走海路逃到溫菲爾王國，可是船不好找。能夠安全渡過海峽的大船，需要不少人手才出得了航。

我知道這世上所謂惡魔附身者或精靈之類的人物多得超乎我想像，可是他們都為了某些不得已的理由拚命融入人類社會低調生活。人類創造的社會非常複雜，靠蠻力解決不了的事數不勝數。

「可以的話，我想找艘船到溫菲爾王國去。」

「那要找那個老闆……喔不，找那個叫史帝芬的人，咬他屁股嗎？應該是可以咬到他替我們弄一艘船啦。」

「老闆」大概是小伙計們對史帝芬的稱呼吧。

「問題是……就算那樣弄得到船，大主教或教宗敕使不可能沒發現；一旦發現，事情會更嚴重。史帝芬先生是無辜的，而且說不定還會拖垮德堡商行本身。載我們來的馬車還在這裡，就搭馬車逃走吧。海蘭是有管道的人，應該能在其他城鎮找到方法回王國去。至於妳，可以寄信到紐希拉，請羅倫斯先生和赫蘿小姐來接妳。」

「……好吧。總之就是先把關在這裡的那個金毛跟其他人都救出去吧。剛好天色也開始暗了。」

向嵌上鐵柵的木窗外望去，能見到泛著微光的鎮中心以及皮影戲般的高樓輪廓。

「萬事拜託了。」

「嗯。」

繆里打開赫蘿過繼給她的小布囊，拿出一撮麥含進嘴裡。

並如苦澀藥丸般嚥下，往我看來。

「大哥哥。」

「什麼事？」

「……轉過去。」

表情好害羞。看來比起赤身裸體，她更不想讓我見到變狼的過程。我當然沒理由拒絕，轉過身去並老實遮起眼睛。

接著想起繆里還穿著借來的衣服而急忙又轉回去，見到的已是一頭銀色的狼。

『……我還沒說好耶。想先理一下毛……』

講究裝扮的繆里，用她的紅眼睛直勾勾瞪著我。她體型確實比赫蘿小，但仍比森林出沒的狼大上一圈，用後腳一站就能輕易高過我。

「我是想提醒妳……衣服還沒脫。」

『都破掉了耶。』

可憐的衣服碎片在繆里周圍散成一地。

赫蘿給她的麥穀袋也掉了，我便撿起來掛上脖子。

『幸好大哥哥不會怕。』

「因為我看過赫蘿小姐變狼好幾次了嘛。」

『我知道，聽說你還很喜歡娘的尾巴。』

我不由得害羞起來，咳兩聲說：

「說到狼，聖職人員本來就不怕狼。古代的聖人希葉隆曾為凶暴的狼拔除掌中的刺而馴服了牠，後來變成畜牧與狩獵的守護聖人。畫裡的他，身邊都會有一頭狼。」

『大哥哥美中不足就是這種愛掉書袋的個性。』

狼尾撲了撲我的臉。

『我留在商行的衣服怎麼辦？』

「咳咳……妳說衣服？以後我再寄信請他們處理。」

『唉，不用麻煩了啦。反正現在沒人值得我穿給他看了。』

繆里怨恨地往我瞪來，真教人惶恐不已。

『開玩笑的啦。這也不是大哥哥的錯。』

不然是誰的錯？

繆里抖了抖身子，彷彿要彈開那疑問。

然後洩恨般咬住柵門。

『唔唔唔唔……』

蛇爬似的獨特低吼與木柱彎折聲接連響起，只見柵門像起司片一樣扭曲變形。

『哼！』

最後頭向橫一甩，鉸鍊帶著類似喀滋或啪嘰的聲響彈了出去，柵門應聲垮落。

『不誇我兩句嗎？』

「妳好厲害。」

『就這樣？』

繆里的高大身軀一步又一步向我逼近，用乾硬的頸毛蹭我。是要我摸她的意思吧。即使外觀是可怕的大狼，心裡還是原來的繆里。而且大也只是不至於超乎現實那種大，好像還能帶上街溜給人看。剎那間，我想像了自己一手捧著聖經講道，且繆里陪在身旁的畫面。

隨後抹去那幻想般刷刷刷地摸狼毛。

「妳的毛好漂亮喔。」

我自然而然地這麼說，繆里的紅眼睛跟著轉過來，咧出一大排牙齒。

看得出那是開心的笑容。

「其他房間也拜託妳嘍。」

『包在我身上。』

即使體型那麼大，繆里也尾巴一甩就竄過走廊，連個腳步聲都聽不見。在日落時分的昏暗走廊，使那模樣加倍奇幻。

繆里嗅著走廊地板的氣味，毫不猶豫地前進。

突然間拔腿疾奔，拐彎後緊接著是一聲短短的哀號。

四周很快就平靜下來，當繆里回來，嘴上叼了一串鑰匙。

「……他怎麼了？」

『很好吃。』

我不禁看看她嘴邊有沒有血。

『只是一見面就舔他的臉而已啦。好像是聽到剛剛開門的聲音跑來看的。』

突然在陰影裡撞上這麼大的狼還被舔臉，再強悍的傭兵都會當場昏倒吧。

『房子裡幾乎沒有守衛耶，都跑去哪裡啦？』

繆里抬起頭，抽抽她的大鼻子。

『那個金毛在樓上房間吧。』

沒說在地下讓我鬆了口氣。在我印象中，地下都是用來拷問的。

「那麼，走那邊。」

繆里壓低頭快速安靜前進，我緊跟在後。看她走得那麼大膽，讓我心裡七上八下，不過走廊的確沒有任何人，屋裡鴉雀無聲。爬樓梯時，樓上傳來近似慘叫或呻吟的模糊聲響，接著又是一片寂靜。到了樓上一看，有個翻白眼的士兵倒在走廊上，仍未熄滅的蠟燭和燭台分別摔在一旁，我便將蠟燭插回燭台帶上。

繆里已經坐在走廊遠端某室門口了。

在燭火照明下，看起來更像儲藏室。

——這裡嗎？

我指指門竊聲聞道。她尾巴大幅一提又放下，大概是肯定的意思。我把耳朵貼上門就立刻聽見了房內的對話聲，大概在問話吧。

——我敲門引人出來，然後靠妳了。

她以迅速起身代替回答，擺出隨時能飛撲的前傾姿勢。但我敲門之際突然停手，使她疑惑地抬眼看來。

——海蘭看到妳可能會嚇一跳。

繆里靜靜等我下一句話。

——可是，我一定會守住妳的名譽。

紅眼睛緩緩閉上，恢復姿勢。

我大吸一口氣，敲門喊道：

「不好了！出事了！」

我更急促地敲門，裝作有要事稟報。片刻，我感到門後散發出猶疑的氣息，當我再敲一次門，門後傳來挪開椅子起身的聲音。在門閂拉開的瞬間，我使盡全力往門撞上去。

「！」

一切發生得好快，繆里才剛一陣煙似的鑽進房裡，士兵已經被踩在她的大腳掌下。

「海蘭殿下。」

我穿過繆里身旁進房，一臉茫然的海蘭才終於回神。

「寇、寇爾？」

「您沒事吧，我來救您了。」

這房間極為單調，就只是在房中央擺了一張桌子和幾張椅子。海蘭手腳都沒捆綁，桌上有一個酒甕和兩個杯子。

「我是看見幻覺了嗎？」

繆里靜靜地鎮坐門邊。也許是燭光的影響吧，影子特別深，猶如一幅精細的畫。

「是神派我來的。」

我堂而皇之地這麼說，不過這是事實。海蘭也暫且接受般點點頭，不知所措地慢慢站起。但他終究是個聰明勇敢的人，待驚愕退去，已能鎮定地注視繆里，並似乎發現了什麼。

「那雙紅眼睛……」

我心裡一怔，所幸海蘭搖頭又說：

「算了，我不多問。我們溫菲爾王國當初也是在黃金羊的指引下建國的。」

盛行牧羊的溫菲爾王國，有個關於金毛巨羊的傳說。

假如告訴他，自己以前在旅途中見過那頭羊，不知他是否笑得出來。

「再說，我是在一群小人裡頭長大的。是好是壞，從眼睛就能看出八成。」

海蘭毫不畏懼地接近繆里伸出手。

「好美的眼睛。」

繆里有點害羞似的低下頭，允許海蘭摸她的毛。

「現在，奇蹟降臨在我們身上，神要我們完成使命了。」

「鑰匙您拿去，趕快帶部下出城吧。然後到其他城鎮找一艘船……」

海蘭的表情，使我話沒說完就閉上了嘴。

他臉上沒有見到奇蹟發生，重獲自由的喜悅。

只有一抹悲壯的決心。

「我離不開這個城。你們先帶我的部下逃走吧，他們都是為我家族鞠躬盡瘁，忠肝義膽的人。」

「我們走了的話，那海蘭殿下您怎麼辦？」

「從先前那間房到這裡的路上，你們遇過幾個士兵？」

突來的疑問讓我傻在當場。看來海蘭有我們所不知的消息。

「房子裡士兵這麼少，是因為人都調到鎮中心去了。德堡商行的人還沒來吧？因為根本不能來。倒在那邊的人，剛要我為了無辜百姓好，供出有誰在贊助溫菲爾王國。」

我轉頭看去，繆里也往倒在門邊的士兵瞥一眼。

「鎮上好像有一大群人手拿聖經譯本湧上廣場，痛罵教會的不是。應該是我到處斡旋的工匠公會或商業公會的人照預定計畫行動了吧。雖然他們底下那些工匠大多是粗人，煽動的方式讓人看了很難受，不過那片紅紅的火光一樣是人民的怒火。」

從這房間也能清楚看見，山丘上的城鎮正熊熊燃燒。

同時，我也為那些人讓狗穿上主教袍褻瀆教會並非海蘭所指使而鬆了口氣。我沒有看走眼，海蘭的確是能帶領群眾踏上正道的人上之人。

「人數上是鎮民比較多，所以起初會占優勢吧。但是，只會仗勢鼓譟的鎮民絕對贏不了有人指揮且訓練有素的士兵。只要狀況膠著，發現沒有什麼大進展，鎮民就會開始倦怠。農民和日雇工只因為明天要工作這種理由，暴動到一半就丟下其他人走掉的事，我不曉得看過多少次。只要在緊張情勢崩解時派出主力部隊，就能一口氣瓦解他們。然後再抓幾個明天送上絞刑台殺雞儆猴就解決了。事情都是這麼辦的。」

海蘭是貴族，有領地的人，想必很清楚人民暴動的過程和結果是怎麼回事。

「雖然大多數都是乘著酒意和氣氛瞎起鬨的人，不過真心抗議的一定也不少，大義在我們這邊。他們都在渴求值得義無反顧，不抱任何懷疑去信仰的神的教誨。但是一旦遭到鎮壓，見到鄰居吊在絞刑台上腐爛時，心裡都會認為要是我這些溫菲爾王國的人沒來過就沒事了。」

然後回去過自己的生活，什麼也沒改變，繼續讓教會惡習一天天累積。

「恐怕鎮民們還認為我依然在教堂裡和大主教爭執，高舉著拳頭想助我一臂之力。要是他們發現我不在裡面，而且早就逃出去了，以後誰還會相信我的話呢？」

「可是——」

「你要知道，假如我走了，大主教和教宗敕使就能說民眾全是上了我的當。大主教和鎮民對話時，應該也會想極力避免強烈措辭，否則他就不能再繼續作這個鎮的頭臉了。所以，我得出面。」

海蘭說道：

「我必須趕到那裡，指責他所犯的錯誤，讓人們看見我是這場暴動的首謀。你救了我出來，我卻要回去，真的很抱歉。」

海蘭最後雖半開玩笑地那麼說，但我當然完全笑不出來。

「下次被抓，就會沒命了。」

教宗那邊已發出異端敕令，宣布開戰。海蘭在如此狀況下立於民眾之首，雙方絕不會再有曖味的暗中較勁。大主教不是接受海蘭的要求與教宗對立，就是得殺了海蘭，昭告世人教會絕不讓步。

海蘭出面後，民眾的怒火若得不到滿足，絕不會就此罷休。

「你認為我說不倒他嗎？」

海蘭笑著這麼說，我卻除了搖頭外什麼話也說不出口。彷彿在祈禱他那果敢的行動力能夠幫助他收回那個想法。

「的確，現在大主教有教宗敕使作後盾，我也很希望有一、兩個人替我撐腰……不過無所謂，總比繼續讓人拷問、繼續受罪好得多了，至少我可以憑自己的意志決定如何結束生命。雖然我的兄弟都是些討厭鬼，但製造機會的能力倒是十分可靠，以後就看他們的了。應該會極其誇張地為我哭泣、哀悼，徹底利用我的死吧。」

竟然能若無其事地說這種話。一想到海蘭究竟過的是怎樣的宮廷生活，懷抱何種心情翻閱聖經，我的心就好痛。

海蘭看著這樣的我，欣慰地微笑道：

「好，快行動吧，別耽擱了。反正教會那邊一定在說我已經逃走了吧。」

「那我也——」

我不禁向前挺身，海蘭卻用他的長手往我胸口一推。

這始料未及的舉動使我踉蹌地向後倒，撞上一片柔軟堅韌的毛。

接住我的繆里，隔著我的肩對海蘭低吼。

「你有問過神的使者能不能去了嗎？」

繆里的大紅眼往我一轉。

「如果你帶著那頭狼過去，只會給群眾火上加油吧。再來可就不能像那個士兵一樣只是打暈了，要有殺人或被殺的覺悟，而且能不能保住性命，就只有五成機會。寇爾，我不想見到你染上血腥。」

也不忍見到那身美麗的毛受到玷汙。

繆里一語不發，也沒有任何動作，就只是靜靜注視海蘭。

讓我痛切地感受到，沒人希望我繼續說下去。

海蘭無奈地笑了笑，說道：

「寇爾，抱歉讓你受罪了。」

「別這麼說……對、對了，我立刻去求德堡商行的史帝芬先生來幫您——」

「寇爾。」

簡直是我對繆里訓話的口氣。

「很遺憾，史帝芬是大主教那邊的。躺在那邊的人告訴我，大主教會事先知道有敕令下來，就是德堡商行用快船報的信，藉此威嚇我說別以為會有人來幫我。」

我腦中浮現昨天的事。繆里告訴我，她在港邊見到一艘蜻蜓般細長的船在傍晚強行入港，被港口工作的人罵了一頓。

「德堡商行多半和大主教簽了密約，享有某些特權吧。鎮上幾乎每個人都敵視教會，就只有他願意協助，其中一定有利益掛勾。所以別說不可能幫我了，派手下向各公會領導施壓，要他們撤退也不奇怪。他大可編出一堆冠冕堂皇的理由解釋為何該幫助教會，再說不聽話就別想做生意，工匠就不得不從了，願意放過你就很不錯了吧。啊，對了，千萬別做傻事。他們知道你是打哪來的，一個不小心，很可能會殃及紐希拉喔？」

「……」

說到這裡，海蘭深深吸氣，對繆里微笑。

「如此純真的神的僕人現在已經很難見到了，就交給你嘍。」

『嗥。』

繆里狼裡狼氣地吠了一聲，逗笑了海蘭。

「感謝神的眷顧，讓我認識你們。」

那是一張十分爽朗、溫柔的笑臉。

由於最好別讓太多人見到繆里，便由我和海蘭分頭巡視房間，釋放海蘭的隨從。這樣聚起來一看，更是清楚感到他們勢單力薄。

儘管海蘭不是會帶著大批隨從到處走的人，他信得過的人也實在太少了。

他們當然請求與海蘭生死與共，卻被他一口回絕，大概只會留下幾個護衛吧。我想他們也知道自己絕對說不動海蘭。

載我們來的馬車還在馬廄裡，若連駕座也坐滿，擠一擠是可以全部上車。將昏倒的士兵脫光綑起來以後，衣服全拿去給駕座的人變裝了。這麼一來，在這時候出城也不會被看穿吧。況且繆里已經前往城門，現在大概正把守衛打得落花流水。

位在丘頂的鎮中心，耀眼火光業已通紅。

所謂蠟燭熄滅前會放出最大的光芒，沒有時間了。

「那麼海蘭殿下……我們有緣再見……」

「好，樂意之至。」

馬廄前，海蘭笑著送部下們搭乘的馬車離去。

接著牽出另一匹馬，帶到房門口。

「你也該走了。」

沒理由拒絕，讓我心如刀割。

「聖經譯本應該都在你腦子裡了，給教宗那邊一點顏色瞧瞧吧。」

只要有足夠筆墨，要多少譯本都寫得出來，延續海蘭的意志。

海蘭抓住我的手，硬把韁繩塞進我手裡，轉身離去。他與穿上阿蒂夫兵服的護衛們對話幾句後，一個輕巧地躍上馬背，頭回也不回。接著輕踢馬腹，隨護衛策馬而去。

不留一絲餘韻，斷然消失在道路彼端。

那是海蘭所留給我最後的幫助吧，為了讓我斷念。

『大哥哥。』

銀色猛獸從陰影中幽然現身，嚇得馬試圖逃跑。直到韁繩扯動手，我才回神。

剛在城門口完成任務的繆里用她的大鼻子湊近我的臉，蹭蹭脖子。見我沒有反應，繆里語重心長地說：

『我們也回紐希拉吧？』

轉頭一看，繆里的紅眼睛滿是傷悲。

告訴我沒有任何辦法能幫助海蘭繼續走下去。

神沒有對那樣的忠僕伸出援手。

「我……為什麼這麼無力呢。」

我緊握胸前的教會徽記，按進掌中般用力，強忍幾乎滿溢的淚水。我擁有的就只是書裡的知識，沒有繆里的力量，沒有海蘭的崇高理想，也沒有過去我親眼所見的大冒險主角——赫蘿和羅倫斯那樣的才幹。

就只是一個滿腦子理想世界的追夢人。

在我不禁呻吟嗚咽的那一刻。

「為什麼、為什麼……！」

肚子捱了一記猛撞，摔得我四腳朝天。

事情發生得太突然，讓我錯愕得不覺得痛。睜開眼睛時，一口白牙竄入眼中。

『你現在是想要當神嗎！』

只見低頭看我的繆里身影，因我眼中有淚水而糊成一團。

『海蘭都一直都很感謝你。雖然你好像不太喜歡他動不動就誇你，可是我看那應該是真心話。在你關在房間翻譯的時候，他沒事就跟我打聽你狀況怎麼樣，還笑著說自己也要多加把勁，能認識像你這樣的人得感謝神的恩典呢。』

我都不知道。

『所以你對我說的那些事，你自己全部都做到了，給在這世上找不到依靠的人帶來希望了。這樣就已經是實實在在的聖職人員了吧？』

這還是繆里第一次以名字稱呼海蘭。她一邊說，一邊以鼻尖頂頂我的臉頰，彷彿要把話直接塞進我的腦袋裡。

『而且無力的不是只有你一個。像娘也跟我說過，就算有那麼大的獠牙跟爪子，無能為力的事還是很多，所以要找到一個值得愛的人，然後我也找到了。』

繆里右前腳在我胸口用力一踩。

「呃呼！」

『結果我卻被那人甩掉了。』

且左轉右轉地壓，真的讓人喘不過氣，直到我抓住她的腳才肯放開。

『紐希拉比外面的世界單純很多，還有熱呼呼的溫泉喔。』

在紐希拉出生長大的繆里這麼說，說服力實在不是一般高。

『大哥哥。』

這最後幾個字，並不是輕聲細語。

我也十分明白，不聽勸會傷繆里的心。拒絕繆里這麼好的女孩示愛的人，怎麼可以是個婆婆媽媽優柔寡斷的人呢。

於是我站起身，拍拍衣服上的塵土。到這一刻，我才發現手裡徽記項鍊的細繩已經被我扯斷了。

『……』

繆里的視線使我不禁苦笑。

「我不會丟掉喔。」

『什麼嘛，真可惜。』

若捨棄神的教誨，就不必再守禁慾之誓了。

然而，假如我真的就此丟下教會徽記，繆里不是發火就是哀痛吧。

「回去吧。我有義務保護妳平安回到紐希拉。」

『嘿～保護我啊？』

繆里開心地用她的大鼻子頂我的腰。

應付她之餘，我上下摸索衣服口袋，找出錢包好收起徽記。

「不知道跟錢放一起會不會遭天譴……」

『才不會咧，神還會很高興吧。』

「妳又開那種玩笑……」

『哪有？你沒看到教會收了那麼多錢嗎？我有到教堂跑腿過，捐獻箱滿滿都是零錢耶。商行那幅畫的天使手上也有天平啊。』

和德堡商行的聯絡員見面時，他也說過右手天平左手聖經之類的話。說不定那個題材特別討德堡商行的人喜歡。

「之前我也說過了，天平代表公平，劍代表正義。」

『哼～？我還以為是跟人榨取稅金用的咧。』

也就是用劍要脅，以天平秤錢。雖然是大不敬的想法，但也不難理解，實在教人不知從何說起。只能說同一幅畫看在不同人眼裡，本來就會有不同見解吧。

況且，教會的捐獻箱堆滿錢的樣子，或許真的不怎麼好看。不過我相信，教會還是會將那些錢用在各種慈善公益或聖事上，匯集到教會的錢又會回流到人民身上。因此，不能單從表象下判斷……想到這裡，我忽然有個疑問。

匯集的錢會回流到鎮上嗎？

我好像在哪聽過完全相反的事。

『大哥哥？』

大概是又想得變成木頭人了吧，繆里喚回了我。

同時，我想起來了。是天平。

「兌換商……」

『咦？』

察覺一個疑點，其他大大小小的問題也成串地蹦出來。從頭說來，我離開紐希拉本來就是因為無法忍受教宗以不當手段斂財。

眼前忽然一晃。發現自己腿軟摔倒時，繆里已經頂住了我。

『大哥哥？對不起喔，剛才有打傷你嗎？』

繆里以腹側墊著我的背，尾巴和頸子的毛擔心地圍過來。

不過我一時間無法回答。腦中思緒沸騰，幾乎讓我窒息。

「捐獻……天使和天平……德堡商行……」

一張畫面，在腦中逐漸成形。

德堡商行與教會有利益掛勾，所以支持教會。假如他們幹的是會引來強烈抨擊的勾當，情況會如何呢？用不同角度來看，原本清清白白的交易也會完全走樣。譬如繆里所說，畫中天使也能變成貪婪的惡魔。

要是拿這點去暗示史帝芬，他的臉色一定會很難看。在鎮上這種氛圍下，人們的矛頭肯定會全部指向他，別說失去所有客戶，搞不好會館還會被暴徒放火燒個精光。這樣他還要支持大主教嗎？

而且失去德堡商行的支持，大主教就要垮台了吧。縱然教宗敕使有敕令在手，羊皮紙終究是擋不了劍鋒。而且這裡距離教宗的寶座有一段難以想像的距離，倘若救兵無法在他吊上絞刑台之前趕到，教宗再有權威也沒用。

手持劍與天平的天使圖，出現了第三種意義。

性命或利益。

我得賭它一把。

儘管海蘭說了那麼多，我還是無法見死不救。都差點忘了，比起固執，聖職人員可是更在商人之上。畢竟我們是一群能為了接觸誰也沒見過的神而情願苦修終生的人。

『大哥哥。』

我看過去，見到一雙無奈皺眉的紅眼睛。

『你表情好可怕喔。』

「抱歉，我在想事情。」

『大哥哥慌張的表情很可愛，不過那種像在生氣的臉，我也很喜歡喔。』

即使繆里是以狼的面貌這麼說，還是讓人有點難為情。接著，我忽然有個想法。

「繆里，妳該不會都是在故意惹我生氣吧？」

她只是用尾巴拍拍我後腦勺，沒有回答。

「真是的……不過呢，妳的任性偶爾還是有點用處的樣子。」

『咦？』

「要是那天沒給妳買零食，說不定就沒有現在的發現了。也對，我是真的應該少看點書，多到鎮上看一看。」

繆里傻眼的樣子，告訴我原來狼的表情也很豐富。

「更何況這裡還是妳到處見識過的鎮呢。看來出外旅行真的是有伴比沒伴強，尤其是我這種只看見世界一半的一半的人。」

我起身說道：

「現在還有機會拯救海蘭殿下，讓我們繼續為理想奮鬥。」

『咦……』

雖然繆里的語氣很不情願，全身的毛卻活力充沛地澎了起來，連馬都看不下去而轉頭了。

「時間不多了。妳說妳不能像赫蘿小姐那樣載人，是真的嗎？」

繆里瞇眼如弓，咧嘴而笑。

冰冷的空氣化作刀刃，一把把削過耳朵，與強韌銀毛相貼的部分卻熱得發汗。我緊抓著繆里的背，一轉眼就穿過田園，毫不減速地衝進破舊屋宅間的巷弄。在到處有木箱、野狗、曬衣繩、可能用來工作的推車阻擋的狹道中，以不敢置信的速度飛竄。轉彎時似乎不只會用力跳，還會在牆上跑幾步，但我決定別想太多，因為我相信繆里一定沒問題。

當速度終於放緩，我們距離德堡商行會館只剩一個區間。廣場已經不遠，喧譟宛如雷火地鳴，聲聲震天。既然人民還在廣場抗議，就表示海蘭平安無事吧。

繆里放我下來，嘴巴張得大大地，吐出比泉煙更白的氣。

「妳還好嗎？」

『我還想再多跑一點。』

「……從這裡到紐希拉，應該能跑個過癮吧？」

她瞪眼咧嘴的樣子實在很有魄力。

「妳就先躲在這附近吧。」

『咦？』

當然，那不是真的驚訝。紅眼冷冷地斜視我，彷彿在說：「沒想到你會講那種話。」

「開玩笑的。」

繆里用鼻尖頂頂我。

『大哥哥好像想做壞事耶，你在打什麼主意？』

「沒什麼，只是在想該怎麼讓史帝芬先生認為自己真的在做壞事而已。」

『所以要怎麼辦？』

我往橫看豎看都十足是聖職人員樣的風衣撥兩下，說道：

「妳和海蘭都說過，我只要抬頭挺胸大聲說話，就很像正牌的聖職人員嘛？」

『嗯？』

我在歪起頭的繆里耳邊說出我的計畫。

繆里立刻咧開嘴，搖起尾巴。

「妳覺得怎麼樣？」

『老實的大哥哥很適合說這種謊。』

什麼話，那才不是說謊。

只是演演戲，讓他自己胡思亂想而已。

想到這裡，我才發覺自己被繆里偷損了一下，但我並不反感。

我敲敲德堡商行後門，很快就有人應聲。

「我是在貴行叨擾的托特・寇爾。」

窺視窗滑開，露出面熟的臉。是路易斯。他原先是緊張兮兮地窺看，但表情隨即放鬆。大概是吵成一團的廣場離這很近，害怕有人想趁亂打劫或放火吧。

「能見到您平安回來真是太好了，快請進。」

看來路易斯完全沒聽說我們遭到拘捕、關進牢房又脫逃的事，馬上就開了門。並在恭敬地鞠躬迎我進門後，被隨後跟來的東西嚇呆了。

「史帝芬先生呢？」

聽我這麼問，路易斯保持奇怪姿勢動也不動，只有眼睛轉過來。大概是以為稍微動一下就會被生吞活剝吧。

「你不用怕她。」

我柔柔一笑，往變成大狼的繆里頭上摸。她的喉管發出咕嚕嚕的可怕低吼聲，像狗一樣搖著尾巴低下頭。

那不可思議的畫面，讓路易斯完全看呆了。

「老、老闆在辦公室……」

「謝謝。」

等我們一走開，路易斯就當場癱了下來。

『我有那麼恐怖嗎？』

繆里好像有點受創，但我還是推推她的頭說：「別說話。」

寬敞的會館內一點聲音也沒有。不知是因為一場暴動就發生在眼前，還是我不想讓他們想起自己與教會有深厚的交易關係而躡手躡腳的緣故。

「到了，就在這裡吧。」

直到昨天都還擠滿了人的辦公室門前走廊，此時也是空空蕩蕩。門兩旁各有放置石製燭台用的凹洞，點著奢侈的蜜蠟。

深吸口氣後，我敲響房門。

「史帝芬先生？」

沒人回答。看看繆里，她不屑地哼了一聲。看來人的確在房裡。

「史帝芬先生，是我。托特·寇爾。」

假如他真與大主教有私通，應該知道我現在不該出現在這裡。我彷彿能感受到門後流出的困惑與徬徨。當我覺得乾脆主動開門時，門後有聲音了。

「進來吧。」

不愧是統領這會館的人，話說得很鎮定。

「打擾了。」

我隨即開門進房。

辦公室和我房間一樣，有道牆掛了一整面的巨幅世界地圖，而不同的是對面牆邊堆積著無數羊皮紙，有的成捲放置。裡頭寫的都是些數量龐大、種類繁多的交易明細，或是令人眼花撩亂的各種特權或利權吧。指導人如何過聖善生活的聖經沒有多厚，而大商行賺錢所需的文字卻是這麼地多。

史帝芬就坐在房間最深處的大桌後方。

「沒想到真的是您……那麼海蘭殿下出現在廣場的消息也是真的……？」

史帝芬見到繆里穿過我身旁進房時，嚇得比小伙計還誇張。

「您相信這世上有神蹟嗎？」

我讓化為狼的繆里停在一旁如此說道。史帝芬看得嘴一張一合，但沒出半點聲音。應該在牢裡的人，帶著這麼大的狼出現在自己的辦公室裡。

除了奇蹟以外，看起還會像什麼呢？

「放心吧，我不是來懲罰違背神教誨的人。」

若忠實遵守神的教誨，我不能說謊。

所以我沒有那麼做。

單純讓繆里在一旁露齒低吼而已。

「只是想散播神正確的教誨。」

話才剛說完——

「溫、溫菲爾王國已經被認定為異端了！你們做的聖經譯本也都變成禁書了！哪邊教誨才正確已經是一目了然了吧！」

可能是自覺理虧才這麼氣急敗壞吧。

「鎮上的人知道嗎？」

史帝芬一時語塞，不過他畢竟是幹練的商人，很快就找到話回嘴。

「是啊，當然知道！所以才會鬧成那個樣子啊！吵著要教會學學溫菲爾王國！我真不敢相信！他們根本不知道自己在講些什麼！不懂教宗有多偉大跟教會的好！」

史帝芬吼出的空言虛語，彷彿只是拚命想安自己的心。說不定，史帝芬是下了某種賭注。他以商行的情報網得知敕使的出現，於是選擇捨棄海蘭，進一步協助大主教。然而事情卻往反方向發展，鎮民對教宗敕令毫不畏懼。

海蘭想得沒錯，人們已經受夠蠻橫的教會了。

可是史帝芬似乎還不死心，盼望大主教獲得最終勝利，繼續維持雙方的互利關係。

「對了，我聽說你和大主教是同鄉。」

剛還在大呼小叫的史帝芬，現在突然不說話了。

表情比繆里進房時更加驚愕。

「和教會也有很多生意往來的樣子。」

「那、那又……那又怎麼樣？鎮上的人全、全、全、全都知道啊。」

他嚇得十分滑稽。史帝芬也不是傻子，知道自己可能會有何種下場吧。

要是教會被逼急了，自己和教會的密切交易關係很可能會惹火上身。

「大家真的都知道嗎？他們應該都沒看過吧。」

「……看、看過？看過什麼？」

海蘭曾要我多看看書以外的東西，說得真是對極了。

「教會收的捐款，應該都會送到這會館來清點吧。依我看，後來都拿去賣給缺零錢的城鎮了，對不對？」

繆里數的零錢，八成就是為了這個目的。

「說不定，教會收的什一稅款也都是那麼處理。」

「你這、您、您、您在說什麼——」

「從商人角度來看，那也許都是正當生意吧。很好，假如您真的打從心底認為自己沒做錯事，不如直接讓大家看一看怎麼樣？」

「咦……」

「教會裡堆滿一箱又一箱貨幣的樣子，究竟是否合乎他們倡導的簡樸。」

「啊……」

「人們日常生活所需的零錢都缺成這個樣子了，要是知道教會把那麼多零錢賣到其他城鎮牟利，怎麼會相信教會會幫助人民呢？大家都認為大主教的餐桌全是山珍海味了，不是嗎？」

聖經譯本亦是如此。假如人人都能直接閱讀，即可輕易明白箇中道理。

「凡事都要節制啊，史帝芬先生。教會或許的確會因此失去很多，但那原本就不是他們應得的東西。教會有很多行為是說什麼也無法正當化的，史帝芬先生。」

我複誦他的名字，清咳一聲說：

「您讀過聖經譯本了嗎？」

黏膩的汗水，從史帝芬顎尖低落。

但表情並未放棄思考，正竭盡所能地計算。史帝芬得知教宗下了敕令的消息時，也做過同樣的計算，決定出賣海蘭。而儘管我們逃獄之後狀況出現變數，但還是缺少決定性的武器，海蘭也因此做好赴死的準備。

所以我才願意冒著危險，帶繆里來到這裡。

「善用天平精打細算是無所謂。」

繆里像是察覺我的意圖，倏然站起。

雖然我是真心不懂如何面對女性，但在神的面前裝模作樣倒是熟得很。

於是，我演了一場世紀大戲。

「您可曾想過，為何統御北方經濟的德堡商行堂堂大掌櫃會這麼禮遇我？」

在街上看到我，一定只會認為我是旅行中的普通聖職人員吧。但是，如今應該受到幽禁的我卻逃出牢房，身旁還跟了一頭銀色的狼。

這樣的情境肯定會讓不知情的人，對德堡商行的大掌櫃為何力挺溫菲爾王國，且下令厚待我這樣的小伙子做出各種想像。

手持劍與天平的天使圖，就掛在商行牆上。

神的教誨並不是無稽之談。

「史帝芬先生。」

年紀比我長上兩輪的史帝芬彈起來似的挺直了背。

面臨末日審判的人，或許也是這種表情吧。

「您願意說服大主教吧？」

但是他的嘴比想像中硬很多，仍在猶豫。這時我想起史帝芬和大主教是同鄉，現在考量的可能不只是利益。

「我們並不打算摧毀教會，況且我聽說大主教儘管私德不佳，執行聖事的態度卻比其他人還要熱切。因此他應能繼續主持這個鎮的聖事，人們也希望如此吧。」

他是會在洗禮上或祝福新人時落淚的人。雖然沒問過海蘭，但大主教應該能繼續留下。史帝芬拉成一線的唇抖了一會兒，最後斷線似的虛脫一癱，還以為他昏倒了呢。

「……我、明白了。」

他果然是在顧慮大主教的去留。史帝芬也不是沒血沒淚，只懂數錢的人。

「那就請立刻派人，或您親自去說服大主教吧。倘若鎮上士兵傷了海蘭殿下，神一定會悲痛萬分！」

史帝芬隨即跳開椅子似的站起。

並盡可能遠離繆里，幾乎背貼著牆地蹭到門邊。開門之際，我不忘對他的背影叮嚀一聲：

「我們的事，請您務必保密。神隨時都在注視我們。」

史帝芬轉回快哭出來的臉，一連點了好幾個頭後倉皇衝出房間。半開的門後，還陣陣傳來淒厲的喊人聲。

假如史帝芬這個大後盾都改變主意，大主教也不得不從了吧。

況且大主教是靠世俗管道攀上那位置的人，應該看得出來這將是推動新時代的大勢。

這樣想，會太一廂情願嗎？

在靜下來的房裡，我實在無法就此放心。

「……妳覺得這樣真的行嗎？」

繆里的紅眼睛先看看史帝芬逃出的門，再轉向我。

『我還比較怕你就這樣變成壞人呢。』

那是沒問題的意思吧。

『擔心的話，自己去教會看看不就知道了？有危險再叼著你逃走就好。』

我是很想去，可是海蘭應該不想見到我出現在那裡，此外也有實際上的問題。

我能唬倒史帝芬就很了不起了，沒有能耐向大批群眾解釋繆里的來歷。要是讓他們認為海蘭真的是借妖狼之力脫逃的異端，那可就完了。

於是，我決定做我能做的事。

「為他祈禱吧。」

不管怎麼說，海蘭到教堂赴義是出於他高潔的精神，我這平民非得尊重不可。然而我心情這麼嚴肅，繆里卻理都不理，在一旁用後腳搔脖子。

那悠哉的模樣，簡直是一條狗。

『對了，我們快趁現在去拿衣服吧。』

「咦？啊，對喔。」

比起在這裡窮著急，像繆里這樣泰然自若或許才是正確的態度。畢竟我們已經盡一切所能了。

爾後，或許是確定沒人吧，繆里依然大步穿過走廊，一溜煙上了樓，前往我們的房間。

在墨水與羊皮紙氣味的迎接下，明明上午才離開這裡，卻有時隔三秋的感覺。我果然不太適合那種緊張的世界，縱使只看得見四分之一個世界，這樣的環境還是比較合我的個性。

苦笑之餘，我發現繆里靜靜坐在疊放於房間角落的衣服前，沒有動作。

「怎麼了嗎？」

『……嗯。』

繆里尾巴癱在地上，垂著頭說：

『我在想是不是乾脆把衣服丟掉算了。』

「咦？」

那套衣服相當花俏，若以神的教誨為基準，甚至堪稱傷風敗俗，但繆里穿起來好看也是事實。

這時，我想起繆里其實花了很多心思為我準備這套服裝，那落寞背影也算是我造成的。

『啊，那不是因為大哥哥喔。』

繆里似乎看透我的心思，轉頭這麼說。

『真的不是啦……只是因為，我這樣不能穿。』

「咦？」

『拿出麥子的時候，我不是說緊要關頭才能用嗎？那是有原因的。』

繆里轉身過來，併起前腳坐下。

只有眼睛依然低垂。

『我跟娘不一樣，娘很難藏住耳朵和尾巴，變狼很輕鬆，我剛好相反。所以嘍，只能用在緊要關頭。』

「難道妳……」

變狼很輕鬆，可是變不回去嗎？明白她的暗示，使我血液倒流。

狼形的她就算能回紐希拉，也回不了溫泉旅館。喔不，只要是有人住的地方，她都不能待了吧。

繆里居然為我下了那麼重大的抉擇！

「真、真的沒辦法變回去嗎！」

我衝上前去，只見銀狼鬱悶地瞇起眼，頭深深垂下。

彷彿我心裡每一個自責的念頭，都會讓繆里跟著難受。

『大哥哥，不要那樣看我嘛。能在最後體驗爹娘說的那種大冒險，我已經很高興了。』

她每一字都錐在我心頭上。繆里是個善良的好女孩，隱瞞那麼重要的事，默默為我付出。而我卻滿腦子都是自己的夢想，完全沒考慮過她的感受。

我沒能回報繆里的感情，繆里卻為我犧牲。在如此情操面前，就連道歉或自我厭惡都不過是種自我陶醉。

我無法用言語表達此刻的心情，只能擁抱她的頸子。

『大哥哥……』

繆里輕聲說道：

『那個，聽我說喔？其實，我還是可以變回人。』

我抬起頭，直視繆里的臉。

「怎麼做！快告訴我！」

『可是，我不想繼續讓大哥哥難過了。』

「繆里！我不認為還有什麼事能讓我更難過！」

繆里閉上眼，微微咧出牙齒，像是無奈的笑容。

『你有這種心意，我就心滿意足了。』

「繆里！」

我急得大喊。經過片刻沉默，繆里睜開眼睛注視我說：

『真的，可以嗎？』

「那當然。」

繆里更加躊躇般垂下眼，徐徐抬起。

「想想我那天對妳承諾了什麼。」

我會永遠站在繆里這一邊。這是絕對不會改變的事，比我對神的追求更堅定不移。

繆里為了我，開啟了一扇後果不堪設想的門。

而現在，輪到我為她犧牲了。無論是多大的苦難，我都會欣然接受。

繆里的紅眼睛凝視著我。幼時知道自己不是普通人而嚎啕大哭那一晚，就是這樣的眼神。

最後，紅眼睛墜入夢鄉般閉上了。

『故事裡，不是常有那種事嗎？』

「故事？」

『嗯。很多古老的傳說裡……像大哥哥不是也說過，你那個村子以前說不定真的有一隻大青蛙才會有那種傳說嗎？同樣道理，可能有很多故事都曾經實際發生過。』

的確如此。再怎麼說，繆里的母親赫蘿就是一個典型的活案例。

『所以……就是那個……』

繆里睜開眼後低下頭，深怕受傷似的抬眼看來。

『王子幫公主解開詛咒的時候，不是都會做一件事嗎？』

「這……」

我當然不會不懂。那是種神聖，卻與禁慾之誓相違背的行為。

繆里說完就別開了頭。

『還是算了，大哥哥的夢想是成為聖職人員，我實在不能讓你做那種事。』

「繆里。」

我直視那張臉。雖然毛髮濃密，比我的頭還大，嘴裡長滿利牙，但她仍是打從出生就在我身旁打轉到現在的繆里。

只要能讓繆里恢復人形，作點愧對神的事也無所謂。

「只要那樣，妳就能變回去了嗎？」

『……嗯，可是——』

「我知道了。」

『大哥哥？』

若有猶豫，繆里一定不會再相信我的話。更糟的是，還可能不願再相信任何人。我一點也不想見到繆里認為不會有人真的信守承諾而冷眼猜疑的模樣，不希望她懷疑這世上有些事物真的值得相信、永恆不變。因為那才是使人生充滿美妙體驗的黃金羈絆。

我懂了。海蘭抱著必死決心前往教會的當下，就是這種心境吧。信仰必須以行動來證明。

繆里從我臉上看出了決心，說：

『大哥哥……謝謝你。』

即使醜臉的臉上有張長滿獠牙的嘴，繆里仍是繆里、我可愛的妹妹，不會改變。

接著，我扶上繆里寬厚的狼吻，將臉湊近。但途中——

『啊，可是、那個，大哥哥……』

「怎麼了？」

『呃……我有點害羞，想請你閉上眼睛。你手扶著我的臉也讓我好緊張……可以，放開嗎？』

繆里抬著眼，垂著耳朵尾巴。她終究也是花樣年華的女孩子。

而且聽她這麼說，我也突然害羞起來。

於是咳個兩聲，放手閉眼。

「這樣可以嗎？」

「嗯。」

只要能讓繆里恢復少女身，在紐希拉過以往的生活，要我離神的足下再遠也無妨。而且，我並沒有違背禁慾之誓。我這麼作並非屈於慾望，而是為了助人。況且，預言家不也曾為了拯救遭惡魔附身的人而親吻了對方的額頭和手嗎？所以這也沒什麼……想到這裡，我心裡突然有個問號。

親吻額頭和手？那麼親嘴是必要的嗎？王子的吻破解公主身上詛咒的故事是有很多沒錯，可是繆里現在這樣子算是詛咒嗎？

好像哪裡不太對勁。繆里原先是怎麼說的？

還是可以變回人。

回想這句話之後，我發現一件事。

繆里根本沒說過那種故事情節能讓她變回人啊！

「啊！」

睜眼時，面前已是繆里人形的臉。她手按著頭髮縮著腳，以免被我碰到而露餡，用奇怪的姿勢，把臉往我臉上湊。

四隻眼睛一對上，繆里裝傻地笑了笑就冷不防整個人撲過來。我在千鈞一髮之際側身躲開，背後隨即傳來腦袋撞到地板的「叩！」聲。

「好痛喔……」

現在想想，剛閉上眼睛問她行不行那時，繆里的聲音就已經恢復了。

再說她自己也說過赫蘿替她訓練過，當然能從狼變回人。

「哎呀呀，失敗了。」

一點也不慚愧，也不遮掩她赤裸的身體。

真不曉得該從哪罵起。

總之我站起來，先喊一聲：

「繆里！」

繆里立刻縮起脖子舉手遮頭，但手底下卻在偷笑。

「我只是和大哥哥做一樣的事啊。」

沒有實際說謊，只是讓對方胡思亂想。

她說的並沒有錯，使我無言以對。

「唔、呃……」

「可是啊，這也讓我知道大哥哥好像是真的不管發生什麼事都會站在我這邊耶。感動得快哭了。」

見她笑容滿面地這麼說，我再有火也發不出來。

因為沒有什麼能比她感受到我的決心更讓我高興。

「話說大哥哥，廣場那邊好像在歡呼耶。」

「啊、咦？喂，繆里！」

繆里站起來，搖著熟悉的尾巴跑到木窗邊，一把推開。

也許是廣場火光的關係吧，繆里纖細的肢體泛起微微光暈。

「這邊好像很順利呢。對不對呀，大哥嘎？」

我拿風衣往她頭上罩下去。

「耳朵、尾巴。還有，不要忘了妳是女孩子，多少自重一點！」

繆里從風衣下探出頭來，不耐地披上。

不知是氣得太過火，還是連日疲勞的關係，突然好暈。

「討厭啦，大哥哥愛生氣。」

「到底是誰害的啊……」

「啊，好像真的成功了耶，有金毛的聲音。」

繆里毫不在乎我的怨言，身子挺出窗口，獸耳高高豎起。

不過，以後也不會鬧成這樣了。繆里將就此返回紐希拉，我則隨海蘭前往溫菲爾王國。不必在哀愁氣氛中告別，已經不錯了吧。

「大哥哥大哥哥，現在還來得及跟他邀個大功吧？」

居然還說這種話。

沒有這個必要。海蘭是個高風亮節的人物，能夠成功真是太好了。

「喂，大哥哥……大哥哥？」

真是太好了……

「大哥哥，喂，你沒事吧？」

繆里抱住了體力用盡而癱軟的我。這個老愛搗蛋的皮丫頭，在危急時倒還挺可靠的。

意識逐漸朦朧，但我並不害怕，還覺得像泡在溫泉裡那麼舒服。

讓她撒了那麼多嬌，換我一次也不為過吧。

想著想著，我在繆里懷中微微硫磺味的牽引下，鬆開最後一縷緊張。

為了聖經的俗文翻譯，我已經幾乎連日未眠，好不容易收完尾之後還跟教會來一段實在令人喘不過氣的耐力競賽，關進牢裡以後又馬上逃跑，再緊接著演了一場堪稱今生今世空前絕後的大戲。

最後被繆里的特大惡作劇氣得腦充血時，緊繃的心情又為海蘭反擊成功而徹底放鬆。像這樣亂來，再怎麼堅韌的皮繩都會斷，更別說是我這種本來就不粗的線了，完全不堪一擊。

聽說我從那一晚就發高燒倒下，在床上呻吟了三天才醒來，連我自己也嚇了一跳。

「還以為你永遠醒不過來了咧。」

枕邊，繆里紅著眼對我發脾氣。我朦朧的意識裡，還留有她為我看護的印象。我將手伸出被子，抓住她的小手。

繆里表情靦腆，但還是很高興。

「海蘭殿下呢？」

可是一聽我這麼問，她的表情就全沒了。

「不知道啦。啊，現在有一件事比較重要。我在你昏迷的時候翻了一下聖經，發現一件很棒的事喔。就是就是，那個啊……」

我先將急著想分享心得的繆里擱在一旁，環視房間，沒有其他人。

「等等，現在海蘭殿下的事比較重要。」

我想先聽聽後續發展。既然我們平安無事，他應該也沒事，不過我很在意教宗敕使的部分。而且接下來是準備開戰的局面，沒時間聽繆里胡鬧。

「聽我說嘛，大哥哥！」

繆里扯了扯我的手，同時房外傳來急促腳步聲與呼喊。

「海蘭殿下！還未束髮更衣啊！」

「哪還管得了那麼多！」

海蘭的聲音讓我想坐起，繆里卻按住我的肩膀，還拉被子蓋住我的頭。

「繆里，妳做什麼？」

「不可以看，不要看比較好。」

「啊？」

在我反抗得手忙腳亂的時候，開門聲響起了。

「寇爾！」

被海蘭一喊，我立刻掀開被子。

見到海蘭笑容滿面地跑來，我還以為自己仍在夢境呢。

「喔喔，氣色好了不少。有食慾嗎？要吃什麼，我都請人上街幫你弄。你對我恩重如山啊！」

海蘭頭髮沒梳理，連衣服都沒穿戴整齊就趕來看我，果真是個不拘小節的人。

真實的海蘭。

或者乾脆說，展現本性的海蘭。

「抱歉，我太邋遢了吧。一聽說你醒來，我就等不及跑過來了。」

海蘭撩起金色的美麗長髮，笑著這麼說。

那動作就已經夠明顯了，不過更明顯的，是胸部。

「大哥哥，你在看什麼？」

我嚇得趕緊別開眼睛。而海蘭似乎這才注意到我在慌什麼。

然而，臉上卻是露出尷尬的笑。

「你是真的現在才發現嗎？」

我們在紐希拉談論神學時，是在洞窟式的溫泉裡頭。窟泉不單純是泡水，功能更接近蒸氣室。

我當時看海蘭包得很緊，以為是貴族的禮貌習慣就沒多想了。

服裝的影響力很大。

而且我自己也對繆里說過，女性的遠行服裝基本上就兩種——修女服或男裝。

「看吧，我不都說過了？大哥哥你的眼睛真的是長好看的耶。」

海蘭看看繆里再對我說：

「你……算了，就這樣吧。你是神的好忠僕。」

海蘭見到我不知該不該把這句話當作誇獎的猶豫表情，機靈地咳了兩聲改變話題。

「言歸正傳，我們總算是成功得到阿蒂夫的支持了，大主教屈服了。雖然算不上是值得信賴的夥伴，不過至少可以確定他不會逆民意而行。」

「真的嗎！」

「真的。可能是因為史帝芬反悔，讓他覺得只有教宗敕使一個幫手根本無力回天吧。而且鎮民們根本不怕教宗敕令，也讓大主教十分震驚。最後就以需要教宗馳援為由，暫時把敕使打發走了。敕使也沒其他選擇了吧，都那種狀況了再不走，恐怕真的會沒命。後來大主教聲明會傾聽人民的憤怒，而他自己應該很清楚失約會有什麼結果。像蝙蝠一樣搖擺不定的史帝芬，也安分地捲起了尾巴。」

海蘭的笑容難得多了點奸相。

「無論如何，這個消息一定很快就會傳遍世界各地。可以想見，教宗也將因此開始認真布局，任由我們宰割。」

「戰鬥現在才開始呢。」

「是啊。從今以後，我們要把錯誤一一導正。」

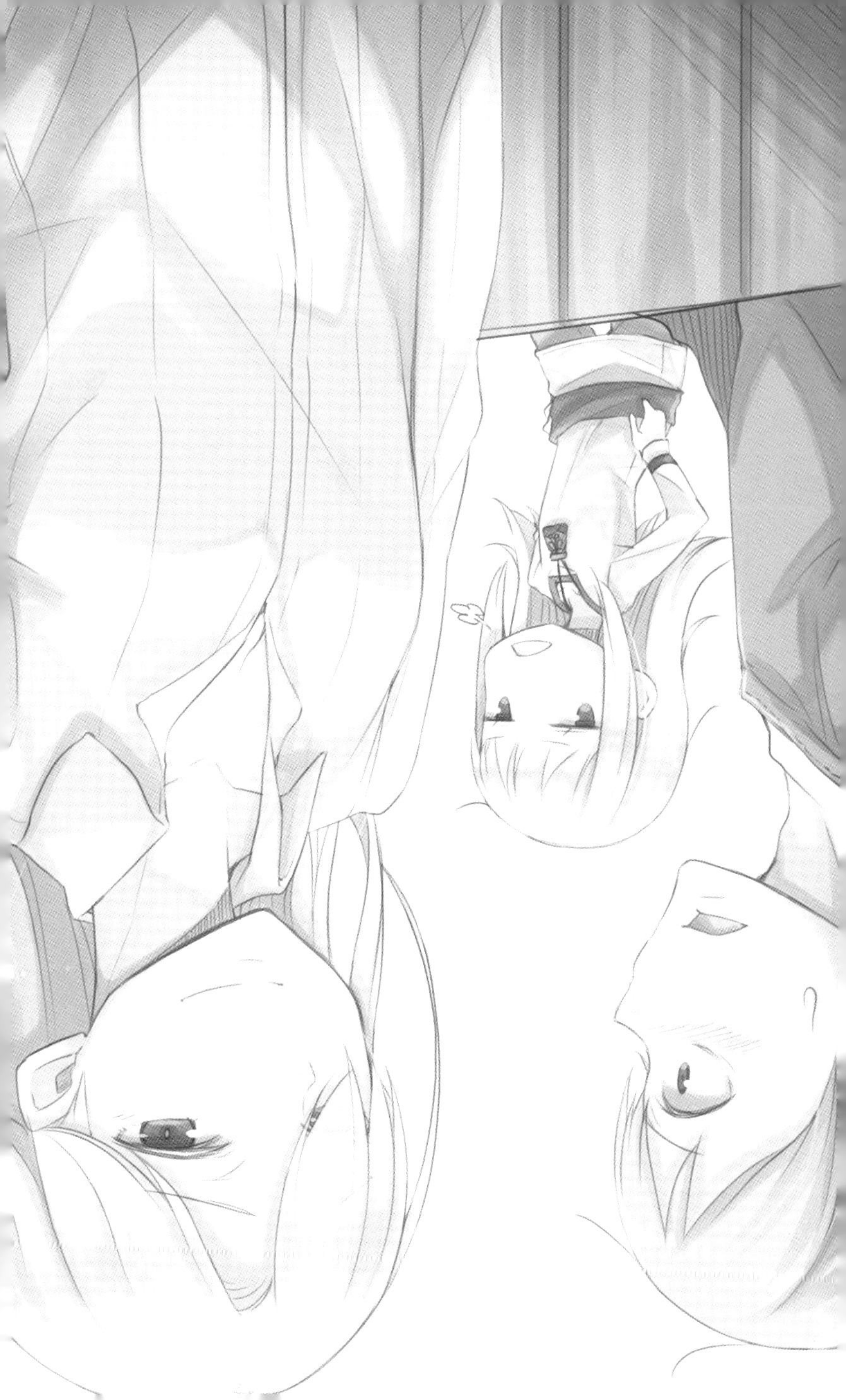

見到海蘭說話的雀躍神情，我似乎明白自己怎麼會沒注意到海蘭的性別了。談論夢想的她，純真得像個不懂男女之分的小孩。

「接下來這件事，就可能有點對不起大病初癒的你了。我想儘快動身到下一站，一鼓作氣把溫菲爾王國看得見的沿岸城鎮都拉到我們這邊。」

這是為了戰爭作準備吧。

「我當然會與您同行。」

「謝謝，那麼——」

「對了，關於這件事啊。」

膽敢打斷海蘭說話的無禮之徒，就只有繆里一個。

「我在大哥哥昏迷的時候翻了一下聖經，也打聽了很多有關聖職人員的事，同時也問過這個金……海蘭殿下了，結果是完全沒問題。」

她在說什麼？我交互看看繆里和海蘭。

海蘭有如看著妹妹搗蛋的姊姊，無奈又想笑。

「我不要回紐希拉喔。」

「繆里，這件事我們不是……」

我是立志成為聖職人員的人，不能給予繆里她想要的愛。這是不能更改的事情，而她不是也接受了嗎？

可是繆里不僅不為所動，還賊兮兮地笑起來。

「要節制喔，你最在行的。」

「節制？」

「對，我也不想破壞大哥哥的夢想。不過呢，聖經上其實也沒寫啊。」

「……沒寫什麼？」

「嗯，聖經上只有說『從聖職者，不可受俗世之欲、肉體之欲所惑，當勵行節制』。可是啊，一個字都沒有說到俗世的人不能喜歡聖職人員。」

「……啊？」

海蘭在床邊嗤嗤竊笑。

繆里將聖經譯本推到我臉上說。

「懷疑的話就自己翻一翻吧。所以嘍，大哥哥，要節制。」

有什麼好所以的？

繆里叉起手，得意地說：

「只要大哥哥不對我出手，不就什麼事都沒有了嗎？」

「……」

我聽得一片茫然，出不了聲。原來還能這樣解釋嗎？

「這樣可以考驗大哥哥的信仰喔。」

繆里的笑容充滿必勝的把握。

我有的，是記載神諭的羊皮紙。

沒有的，是身為兄長的威嚴。

我將記載神諭的羊皮蓋在臉上，閉上眼睛。我成了披著羊皮的羊。

「噢，神啊……」

「叫我嗎？」

我說什麼也不回她。況且我也絕不能讓她發現現在這莫名的安心感。

閉上的眼皮另一邊，有條銀色尾巴淘氣地搖來搖去。

既然生為羊，就注定要盯著狼尾巴過日子了。

新說　狼與辛香料

狼與羊皮紙

後記

我很想要一本不管哪一頁都有可愛生物，適合睡前翻翻，讓人放鬆心情睡個好覺的書，所以就自己寫出來了。大家好，我是支倉凍砂。

雖然前面有一半是玩笑，不過以活潑女孩為主角，寫起來是真的非常有趣。

當初決定這系列女主角繆里的這個形象時，我自己也很訝異。事實上，與本書同月上市，形同前傳的《狼與辛香料XVIII Spring Log》第一段短篇，在編寫時還沒有直接替繆里寫過任何東西，也完全沒有作設定。然而在收到寇爾和繆里寫的信，以間接方式描寫繆里那一刻，她整個人就突然成形了。該怎麼說呢，感覺好像繆里早就完整存在於那封信背後一樣。

真是奇妙的體驗。我就是在這樣的心情下開始寫這本書的。

對了，在這裡向首度接觸《狼與辛香料》世界的讀者作點說明。如本書標題中《新說 狼與辛香料》所示，男主角寇爾是《狼與辛香料》系列中段出現的人物，當時年紀比現在小很多，而女主角繆里則是《狼與辛香料》男女主角的女兒。

畢竟這是沿用前作世界觀，屬於下一個世代的故事，搬出「沒讀過前作也不會影響閱讀樂趣」這種老掉牙的標語也沒什麼意思，我就直接請各位也一併看看前作，因為這樣一定會更有趣！此外，我希望在這部系列裡，能把世界往前作所不能的方向大幅延展。一想到可以這樣寫、那樣寫，我自己也很迫不及待。屆時懇請各位讀者多多捧場。

開啟新系列，似乎總會讓人懷有雄心壯志，而且我本來就很想寫點完全不同的故事。於是就像繆里設計惡作劇一樣，動起很多歪腦筋。假如各位在哪裡見到我，就請給我一個淺笑吧。

那麼，我們下集再見。

文倉凍砂

（註：以上為日本方面的情況。）

恭喜《狼與羊皮紙》出刊……！剛知道新作主角是赫蘿和羅倫斯的女兒，以及長大以後的寇爾時，我自己也好驚喜。《狼與辛香料》的忠實讀者，對這樣的組合想必是不開心也難吧。太奸詐啦……！（喜）以讀者身分享受全新旅程的同時，我也會竭盡所能，為增添兩人魅力盡一份力！

《狼與羊皮紙》上市嘍，恭喜恭喜！
男女主角一開始就「相親相愛？」的故事很少見，不過寇爾立志成為聖職人員……
在天使般可愛的繆里求愛攻勢下，一定會頭痛得不得了吧。
支倉老師真是太壞了……會讓人很在意故事發展耶！

Kadokawa Light Novels

絕對雙刃 1~11 待續

作者：柊★たくみ　插畫：淺葉ゆう

Kadokawa Fantastic Novels

為勝利付出巨大的代價竟是失去至親!?
透流等人將面臨意想不到的戰鬥對象！

為勝利付出巨大的代價，透流再次失去音羽，連莉莉絲和小虎的身影都從學園中消失。透流等人懷抱隱約的不安度日。殊不知在平凡無奇的日常生活背後，殘酷的命運已悄悄但確實造訪。此時，透流身邊出現了令人懷念的對象……？

台灣角川

各 NT$180~220/HK$50~68

國家圖書館出版品預行編目(CIP)資料

新說 狼與辛香料 狼與羊皮紙 / 支倉凍砂作 ; 吳松諺譯. -- 初版. -- 臺北市 : 臺灣角川, 2018.01-
冊 ; 公分
譯自 : 新説 狼と香辛料 狼と羊皮紙
ISBN 978-957-564-013-2(第1冊 : 平裝). --
ISBN 978-957-564-014-9(第2冊 : 平裝)

861.57 106021788

Kadokawa
Fantastic
Novels

新說 狼與辛香料
狼與羊皮紙 1
（原著名：新説 狼と香辛料 狼と羊皮紙）

2018年2月1日 初版第1刷發行
2023年11月21日 初版第5刷發行

作　　者：支倉凍砂
插　　畫：文倉十
日版設計：渡辺宏一
譯　　者：吳松諺

發 行 人：台灣角川股份有限公司
總　　監：呂慧君
總 編 輯：蔡佩芬
主　　編：林秀儒
編　　輯：黎夢萍
設計指導：陳晞叡
美術設計：莊捷寧
印　　務：李明修（主任）、張加恩（主任）、張凱棋

發 行 所：台灣角川股份有限公司
地　　址：104台北市中山區松江路223號3樓
電　　話：（02）2515-3000
傳　　真：（02）2515-0033
網　　址：www.kadokawa.com.tw
劃撥帳戶：台灣角川股份有限公司
劃撥帳號：19487412
法律顧問：有澤法律事務所
製　　版：巨茂科技印刷有限公司
ISBN：978-957-564-013-2

SHINSETSU OKAMI TO KOSHINRYO OKAMI TO YOHISHI Vol.1

Edited by 電撃文庫
First published in Japan in 2016 by KADOKAWA CORPORATION, Tokyo.
Complex Chinese translation rights arranged with KADOKAWA CORPORATION, Tokyo.